直径3《リミット》cmの召喚陣《リング》で「雑魚すら呼べない」と
蔑まれた底辺召喚士が頂点に立つまで
空
ill. 桑
JN114626

ランマ＝ヒグラシ
射堕天サークル・第七師団所属、
最弱の召喚士
ステラ＝アサルト
第七師団所属の転生士

「……これだけ近づけば十分。
――行くぜランマ！　覚悟はいいな⁉」
ミカヅキ＝アリアンロイス
第七師団所属の結界士

「君の両親を助けられなかった。
恨んでくれていい」
射堕天サークル・第七師団師団長

直径3cm《リミット》の召喚陣《リング》で
「雑魚すら呼べない」と
蔑まれた底辺召喚士が
頂点に立つまで
空松蓮司
ill.桑島黎音

Contents

プロローグ　最小の召喚士…004
第一章　愚直な凡才…007
第二章　パートナー…020
第三章　卒業試験…036
第四章　異界都市…057
第五章　ブルー・ラグーン…087
第六章　選抜試験…097
第七章　マジシャンとメイド…114
第八章　プレゼント…140

Limit Ring

第九章　思わぬ**同期**　…149
第十章　**彼女**の名は　…157
第十一章　**うっせえなぁ**!!!!!　…178
第十二章　**凡人**同盟　…190
第十三章　**ランマ**VS.**ゴネリス**　…201
第十四章　**到着**！　**異界都市ロンドン**！　…216
第十五章　**ホワイトシティ・スタジアム**　…232
第十六章　**歓迎会**……？　…247

プロローグ　最小の召喚士

人は生まれた瞬間に天より魔法陣《まほうじん》を授かる。

魔法陣は召喚陣《しょうかんじん》・鑑定陣《かんていじん》・転生陣《てんせいじん》・結界陣《けっかいじん》の全四種類あり、この四種のうち一つをもらえる。

ランマが授かったのは召喚陣。魔界より悪魔を召喚できる魔法陣だ。それ自体はまったく不満はない。むしろ最善だ。召喚陣を持つ者、つまり召喚士はあらゆる場所で重宝《ちょうほう》される。というのも、悪魔には様々な種類がいて種類ごとにできることも多岐にわたるため、活躍の幅は広いからだ。

足の速い悪魔を呼び出せば郵便配達や荷物の配送を任せられるし、泳げる悪魔・空を飛べる悪魔がいれば海を渡ることも可能。多様な悪魔を状況に応じて使い分けることができるのだから戦術の幅も広く、戦闘においても召喚士は優秀である。

召喚陣を持って生まれた人間は幸運だ。


――幸運なはずだったのだ。


「ランマ＝ヒグラシ。それが全力か？」

眉間《みけん》にシワを寄せてガルード先生が聞いてくる。

教卓の前、少年は手のひらを上に向け必死に魔力を振り絞っていた。

「待ってください。まだいけます……！　ぬおおおおっっ！」

手の上に浮かぶは召喚陣。しかし、どれだけ力を入れてもその大きさは3センチほどだった。

背後から他の生徒のクスクスという笑い声が聞こえる。

「おーい！　力入れても召喚陣は広がらねぇぞ！」

「無駄な努力はやめろって！　帰る時間が遅くなるだろうが！」

笑い交じりの罵声《ばせい》が飛んでくる。

「うっせぇ！　もうちょいでコツ掴めそうなんだよ！」

「はぁ。ここまでだな」

ガルード先生は手に持った定規《じょうぎ》でランマの召喚陣を測り始めた。

「記録3センチメートル。戻ってよし」

ランマは魔力の放出を止め、召喚陣を体内に戻す。トボトボと席に戻っていると、嫌な声が耳に入ってきた。

「……すげー。3センチの召喚陣とか、逆に出すの難しいわ」

「……最低でもみんな90センチメートルはあるのによ」

「……さすが最小の召喚士《ミニマムサモナー》」

隠す気のない陰口が聞こえる。

気には障《さわ》ったが、こんなものは慣れっこである。いちいち言い返す必要もない。本音を言えば、言い返してもし喧嘩にでもなったら悪魔を出されボコボコにされるため、沈黙するしかなかった。

ランマ＝ヒグラシはこの教室内で間違いなく最弱だった。

第一章　愚直な凡才

「気にすることはないさ」

ランマが一番後ろの席に戻ると、右隣の席からエディックが慰めてきた。

「努力次第で召喚陣は大きくなる。卒業までに全員を抜かしてやればいい」

エディックは線の細い青髪の男子。

ランマの唯一の友人である。

「……卒業試験まであと一か月もないんだがな」

「なら諦めて留年するか？」

「まさか。どんな手を使ってでも卒業試験を乗り切ってみせる！」

この召喚士アカデミーには卒業試験がある。

試験の内容は実技だ。召喚術を駆使し、生徒同士で本気で戦う。

よっぽど酷い内容でない限り落ちようがない試験である。しかし、悪魔を召喚できないランマにとっては非常に厳しい状況だ。悪魔を召喚できなければ不合格必至なのだから。

「そう言うと思って、また新説を持ってきたよ」

エディックは小さく笑うと机の中から本を一冊取り出した。

ランマはエディックから本を受け取り、表紙を見る。タイトルは〝召喚陣拡大訓練法〟。

「いつも助かるよ」

エディックは家が本屋で、召喚陣について書かれた本を仕入れるとこうしてランマにくれるのだ。

「その本によると滝行《たきぎょう》をすると召喚陣が広がるらしいぞ。脳に刺激を与えることで魔力神経が活発化し、召喚陣に影響を及ぼすそうだ」

「へぇ、滝行か！　なんか効き目ありそうだな！　ありがとう、試してみるよ」

ランマは生まれつき召喚陣が成長したことがない。召喚陣は体の成長に伴って成長するのが普通で、ランマは異常だった。

そんなランマを周囲は落ちこぼれと評する。だけどエディックだけは『いつか必ずみんなと一緒になる』、『これから追い抜かせばいい』とランマを励ました。

自分以外にも信じてくれている人がいる。それだけでランマは頑張れた。現状、ランマを支えているのは間違いなくエディックだろう。

「次！　エディック＝ロジャード！」

ガルード先生に呼ばれ、エディックが教卓の前に行く。

エディックは手を前に出し、召喚陣を起動させる。

「うお～‼」

教室内で歓声が起こった。

エディックが出した召喚陣は先生よりも大きい。

「2メートル9センチ！　さすがだなエディック！　学年最高クラスだ！」

学年の平均サイズが1メートル10センチ。

これだけの大きさがあれば小型の悪魔はたいてい召喚できる。2メートルを超えれば人型の悪魔や二人乗りの飛竜（竜も悪魔の一種）なども出せるだろう。

召喚士の才能、そのわかりやすい指標が召喚陣の大きさだ。召喚陣が大きければ大きいほど、召喚できる悪魔の種類が増えるからだ。

つまるところ、ランマは召喚士としては下の下の下。


「はぁ」

授業が終わり、帰路につく。

ランマは一人、ため息をついていた。

「2メートル9センチ、か。俺の何倍だ？　えーっと……七十倍くらい？」

生まれた時はみんな、ランマと同じ3センチほどの召喚陣しか持っていない。でもそれから成長するにつれ、どんどん大きくなっていく。

しかしランマは十五年間3センチのまま。これはなにかの呪いか？　とランマは苦笑する。

一人暮らし、トイレや風呂など最低限の設備しかない小屋のような家に帰り、ランマは木の床に大の字に寝転がる。

「才能、か。あいつは天才で、俺は凡才ってやつなんだろうな」

いや。とランマは言葉を紡ぐ。

「俺は凡才ですらない。凡才未満だ……」

凡才とは特筆する才能がない者、平凡な存在を言う。つまりは平均値。平均値を大きく下回るランマは凡才ですらない。それが現実。召喚士を名乗ることすらおこがましい、ランマ＝ヒグラシの現実である。

「嘆いてても仕方ねぇ……か」

ランマは気を取り直し、日課を始める。

「998、999、1000……！」

腕立て伏せ→腹筋→スクワット、各千回ずつ。

ランニングは一周八キロほどの町を五周。

そしてこれが終わったら十段のトランプタワーを二十個作る。ランマはトランプタワー一つを約一分で作る。

「集中……集中……」

ランマに唯一才能と呼べるものがあるとしたら、集中力だった。

常人が休みなく集中できる時間は十五分程度。しかしランマはその四倍はもつ。さらに集中力の深さは並大抵のものじゃない。

トランプタワーを作ったら近くの森で今日エディックから教えてもらった滝行を三十分。

「うおおおおお！　つめてぇ‼　頭皮に染みる！！！」

滝の勢いは思いのほか強く、0.1ミリの針を大量に浴びているような刺激が全身に走る。

（これは新刺激だ！　確かに、なんか新たな扉が開ける気がする！）

あまりの勢いに意識を失いそうになるが、ランマはなんとか耐える。

「……一説によれば、筋肉が成長することで召喚陣が大きくなる。一説によれば、手先が器用になると召喚陣も大きくなる。一説によれば、滝行することで召喚陣が大きくなる。一説によれば
――諦めなければ報われる……‼」

最後以外、すべてエディックからの受け売りだ。

（やれることはすべてやる。彼女に相応《ふさわ》しい男になるために……！）

＊＊＊

ランマが八歳の時の話だ。

ランマは辺境の村、バイア村で暮らしていた。だがある日、一体の化け物に村は襲われ、ランマの故郷は壊滅した。

化け物は人の形をしていたが腕が四本あり、紫の瞳で、頬に889という刺青《いれずみ》があった。

両親は目の前で食い殺され、ランマも首を絞められ気を失いかけた瞬間、化け物の腕を薄紫の剣で斬り裂き、現れたのが彼女だった。

『すまないな。遅くなった』

金色のロングヘアーの少女だ。歳は十代前半。

彼女は10メートルを超える白銀の竜を召喚し、化け物を圧倒した。

その紅蓮《ぐれん》の瞳を今でもランマは覚えている。

彼女が着ていたコートの背中には、弓矢を模した紋章があった。

『君の両親を助けられなかった。恨《うら》んでくれていい』

憂いを帯びた表情は絵に残したいほど綺麗で、その美しさに、その強さに、ランマは魅了された。

彼女は用を済ませるとすぐにどこかへ消えていった。それからランマは〈カーディナル〉（今もランマが住む町）の孤児院に引き取られ、十二歳でアカデミーに入学すると共に孤児院を出た。

ランマはいつか強くなって、彼女の隣に立てる男になろうと心に誓った。ランマ＝ヒグラシにとってあらゆる意味で人生のターニングポイントとなった出来事である。

＊＊＊

ランマが日課のトレーニングを終えると、すでに夜になっていた。

滝行をしたせいで体が冷えた。ランマはいつもニット帽を被ってるから頭は温かいが、体は長袖一枚。失敗した……とランマは嘆く。

「う〜、寒い。今度からは上着を持ってこよう」

「あっはっは！」

「ん？」

家に帰る道中、路地裏から聞いたことのある笑い声が聞こえてきた。

「エディック……？」

エディックの笑い声。だが、いつもより汚い笑い声だ。

路地裏を覗くとエディックと、他にクラスメイトが二人いる。

「おー……」

ランマが声を掛けようとすると、

「いやぁ、マジウケるわアイツ。俺がやった本の内容鵜呑《うの》みにして、馬鹿正直に筋トレするわ、トランプタワー作りまくるわ」

「っ⁉」

ランマは口にしかけた言葉を飲み込み、目の前にある酒場の陰に隠れる。

「アイツがいっつも町走ってんのってエディックが原因だったのか」

「そうだよ。筋力に比例して召喚陣は広がる！　って書かれた本を渡したら本当に筋トレしだすんだもんな。ほんっと馬鹿だよアイツ。今日は滝行すれば召喚陣が大きくなるって迷信が書かれた本を渡してやったから、きっと今頃滝に打たれてるぜ」

ゲラゲラという笑い声が路地裏に木霊《こだま》する。

アイツ、というのが誰のことを指しているか、わからないランマではなかった。

「そんなんで召喚陣が広がるわけねぇっつーのによ」

侮蔑《ぶべつ》に満ちた声が響き渡る。

「召喚術の訓練で溜まったストレスを発散するのにちょうどいいよ。あのアホは」

堪えきれず、ランマは酒場の陰から飛び出す。

「エディック！」

姿を現したランマをエディックは動揺することなく、馬鹿にした表情で見る。今のエディックの歪《いびつ》な表情こそ、彼の心の形を表しているのだろう。

「ようランマ！　滝行の成果は出たか？」

エディックが言うと、取り巻き二人が笑い声を上げた。

「本当なのか、今の話。お前も、俺を馬鹿にして……」

エディックはなにも言わず、下卑《げび》た笑みを浮かべた。

（そうか）

コイツも、俺のことを馬鹿にしていたのか。とランマは怒るよりも先に落胆した。

エディックは唯一の友達だ。唯一、自分を励まし鼓舞してくれた人だった。

その相手に裏切られた事実に、胸が張り裂けそうになる。だがすぐさま落胆は怒りに変わり、頭に血が上っていく。

「テメェ……！」

ランマがエディックに近づこうとすると、

「おっと、あと一歩でも近づいたら……」

エディックは指を鳴らし、召喚陣を展開する。

ランマの約七十倍の大きさの召喚陣を。

「相応の仕置きをするぜ」

エディックは指に悪魔との契約の証、サモンコインを挟む。

「上等だ‼」

ランマは叫び、エディックを睨みつける。

ランマが一歩踏み込むと、エディックはサモンコインを召喚陣に投げ入れた。

召喚陣に触れるとコインは弾け、召喚陣が輝きだした。

「出《い》でよ暴風の一徒《いっと》！　シムルグ‼」

召喚陣から出てきたのは２メートルはある怪鳥。風を操るシムルグだ。

「っ⁉」

召喚陣はそれのみだと、どこにも繋がっていない開かずの扉。

サモンコインはその扉を開く鍵だ。召喚陣はサモンコインを取り込み、初めて魔界へと繋がる。

だがランダムに魔界の適当な場所に繋がるわけではない。サモンコインには術式が刻まれており、それが特定の悪魔の下へと召喚陣を繋ぐ。

この世には幾万のサモンコインがあり、それぞれが違う悪魔に繋がっている。

「どうしたランマ！　お前も召喚獣を出せよ！　召喚士なんだろ⁉」

ランマもサモンコインを召喚陣に取り込むことは可能だ。

ただ取り込んだところで意味はない。３センチの扉から出てこられる悪魔をランマは知らない。

無論、エディックもだ。

「このクズ野郎が‼」

仕方なく、ランマは拳を握って走り出す。

――決着は一分で着いた。

「くっそ……」

言うまでもなく、地面に伏したのはランマだ。

シムルグの剃刀のような切れ味の暴風に全身を傷つけられ、無残に転がっている。

「おい落ちこぼれ。この俺様がとっておきの情報を教えてやるよ」

エディックは戦闘不能になったランマの頭に足を乗せる。

「召喚陣には個性がある。例えば俺の召喚陣は風神の円環《ウィンドリング》と呼ばれるもので、風属性の悪魔をこの召喚陣で召喚すると召喚獣の魔力が上昇する。一方、お前の召喚陣は限界の円環《リミットリング》。その能力は……生まれつき召喚陣が成長しない、というものだ！」

「なん……だと」

「クク……感謝しろよ。わざわざこの俺が、お前の召喚陣のことを調べてやったんだからな。どれだけ努力しようとお前の召喚陣は大きくならない。この先ずーっとな‼」

「う、嘘だ！」

「残念残念！　これは迷信じゃねぇんだな！　信じたくねぇなら、自分で調べてみな。だーっはっは‼」

エディックは仲間たちと一緒に高笑いしながら去っていった。

絶望・挫折。

これまでも何度も味わってきたが、今回はド級だ。

体が回復しても、立ち上がることができない。

「クソ……！」

もしも奴が言っていることが本当なら、もう召喚士になることは諦めるしかない。

そう考えた時だった。

「やられっぱなしで終わりかい？」

誰かが、酒場の屋根の上からランマの傍に飛び下りた。

ランマは顔を上げて、その姿を視認する。

ランマと同い年くらいの、灰色の髪をポニーテールにしている青年だ。糸目で、温和な笑みを浮かべている。

その一番の特徴は隻腕《せきわん》だ。右腕がない。黒コートの長袖がヒラヒラと風に靡《なび》いている。

「誰だ、お前……」

こんな特徴的な人間は一度見れば忘れない。だがランマの記憶に男の姿はない。

彼が町の人間ではないと、ランマはすぐにわかった。

「通りすがりの射堕天《いだてん》だよ」

――射堕天。

その名はいずれランマにとって大きな意味を持つのだが、今のランマは意味のわからない単語にハテナマークを浮かべるしかなかった。

「おいスウェン！　なにをやっている？」

遠くから別の男の声が聞こえる。

「すみません！　先行っててください！」

スウェンと呼ばれた青年は屈んで、ランマの顔を覗き見る。

「限界の円環《リミットリング》か。珍しいものを持ってるね」

「お前、今の一幕見てたのか。なら助けてくれたって良かったんじゃないのか」

「助けない方が君のためになると思った。悔しさはバネになるって言うでしょ？」

どこか呑気な物言いにランマは僅かな苛立ちを覚える。

（こっちは絶賛絶望中だっちゅーのに、なんなんだコイツは）

青年は微《わず》かに目を開き、

「確かに君の召喚陣はこれ以上成長しない。だけどね……どれだけ小さな召喚陣でも召喚できる悪魔はいる。召喚士を諦めるのはまだ早いと思うよ」

青年――スウェンは、それだけ言い残すと歩き出した。

「じゃあね」

ランマはスウェンの背中を見送り、あることに気づく。

スウェンの着ている黒コート、その背には弓矢を模したマークがある。それを発見したランマはすぐに立ち上がった。

「あの紋章は……！」

――彼女の背中にあったものと同じ……！

「ま、待て‼」

立ち上がり、叫ぶが、彼はすでに道を曲がり、姿を消していた。

追いかけて大通りに出るも、スウェンの姿はなかった。

「……見失った」

深くため息をつき、頭に手を添える。

「諦めるのはまだ早い、か。そうだ、誓っただろ……！　あの人の傍に立てる男になるって‼」

頭を切り替えた。

(召喚陣を成長させるのは諦める。きっと、エディックが言っていたことは本当だ。自分の召喚陣はこれが限界だと、なんとなく感覚でわかってはいたんだ。それにあの人と同じ紋章を背負った奴が限界だと言っていたんだ。信じていいだろう)

ならば、この最小の召喚陣で戦える術《すべ》を探す。

このスウェンという青年と会ったこの瞬間がランマにとって二度目のターニングポイント。ここから、ランマ＝ヒグラシという召喚士の人生は大きく動き出すことになる。

第二章　パートナー

翌日。

「いらっしゃい」

ランマは学校をサボり、サモンコインショップに来た。

壁沿いに並ぶ木の棚にはサモンコインが陳列されている。

召喚陣は何もしないとどこにも繋がることはない。しかし、このサモンコインを投げ入れることで魔界と繋がり、魔界よりサモンコインに対応した悪魔を呼び出す。

コインは種類ごとに並べられていて、それぞれ名札がついている。例えばゴーレムと名札のついたサモンコインには、ゴーレムを模したエンブレムが描かれていた。つまり、これを召喚陣に投げ入れるとそこからゴーレムが出てくるというわけだ。

「こんちはー」

「ん？　なんだランマじゃねぇか。学校はどうした？」

スキンヘッドの店主《おやっさん》は新聞から目を離し、ランマの方を向く。

「学校は休んだ。ちょっと怪我したんでな」

ランマが昨日エディックにつけられた傷を見せつけると、おやっさんは納得した。

「なんだよ、喧嘩でもしたのか？」

「べっつに～！」

「その感じだと負けたか。暇なら手伝ってくれよ。前みたいにな」

ランマは以前この店で働いていたことがある。ここでサモンコインに囲まれていれば自分の作る召喚陣に何らかの作用があるかもしれない、という直感のために。結局何も効果はなく、辞めてしまったのだが。

「客いねぇんだから手伝うことねぇだろう」

「ん？　つーか働きに来たんじゃないなら何しに来たんだ？」

おやっさんの言葉に一文付け足すなら『どうせサモンコインなんてお前には無縁だろう？』だ。

「今日は客としてきたんだよ」

「……」

「……せめて笑えよ。哀れみの目で見るんじゃねぇよ！」

おやっさんはコーヒーを一口飲み、新聞に目を落とした。客を相手にする態度ではない。ランマを客として認識していないということだ。

「なぁおやっさん、３センチ以下で召喚できる悪魔いない？」

「いるわけねぇだろ。最低でも22センチは必要だよ。何度同じこと言わせるんだ」

「そんじゃさ、ここにないやつでもいいから心当たりないか？　３センチ以下の悪魔」

おやっさんは「んなこと言われてもな」と顎に手を添える。

「……スライムとかどうだ？　あれなら流動体だから３センチ以下の召喚陣でも――いやだめだ。

アレは核が5センチぐらいあったな」

それから10分近く考え込むも、おやっさんは答えを出せなかった。

「駄目だな。俺の頭の中にある悪魔は全部4センチ以上だ」

「まったく、こんなにサモンコイン売ってるくせに心当たりねぇのかよ」

「文句はテメェの召喚陣に言いやがれ」

仕方なく、ランマはサモンコインを見て回る。

・ワイバーン　【サイズ】4メートル　【特性】飛行
・レッドウルフ　【サイズ】60センチ　【特性】俊足
・スノーモンキー　【サイズ】2メートル33センチ　【特性】雪投げ
・トレント　【サイズ】8メートル　【特性】光合成
・ミミック　【サイズ】30センチ　【特性】擬態
・ホーンラビット　【サイズ】40センチ　【特性】雷生成
・ボーンナイト　【サイズ】1メートル65センチ　【特性】解体回避

他にも多数のサモンコインがあるが、

「うーむ……ダメだな。どれも大きすぎる。わかっちゃいたけどな」

まったく、本当に俺の召喚陣で召喚できる悪魔がいるのかよ。とランマは昨夜の少年の言葉を早くも信じられなくなっていた。

不意にランマはポケットからただのコインを取り出し、手元で遊び始めた。

（真っ当な方法じゃまず無理だよなー……）

ランマはコインを指ではじいたり、コインロール（指の上でコインをコロコロと転がす技）させたり、人差し指の上で回したりとマジシャン顔負けの手技を無意識に見せる。

「お、久しぶりに見たな。お前のソレ」

「ん？」

「ほれ、そのコイン遊びの癖だよ。お前がなにかに集中すると出るよな」

「ああ、これね。コインと戯れていると落ち着くんだよなぁ、昔から」

集中力のスイッチは人によって違うが、ランマのスイッチはこの手遊びだった。とは言っても集中すること自体はなにもしなくともできる。ただコイン遊びをすると集中度が段違いに深くなる。なぜコイン遊びをすることで集中が深くなるのか、それはランマも知らず、恐らく特に理由はない。

ランマはコイントスし、コインを見つめる。

ランマはその時気づいた。コインが自身の召喚陣よりギリギリ小さいことに。

（俺の召喚陣で出すとすりゃ、それこそこのコインぐらいのサイズじゃねぇと。コイン型の悪魔とかいないもんかね）

瞬間、ランマの頭に一筋のひらめきが走った。

「待てよ」

ランマはとある悪魔に焦点を当てる。コインと同じ大きさの悪魔はいない。だけどコインにな・れ・る悪魔はいる。

その悪魔の名は——ミミック。

「な、なぁおやっさん‼」

「ん？　どうした？」

「ミミックってさ、擬態できるんだろ？　なんにでも擬態できるのか⁉」

「なんにでもは無理だよ。ミミックは飲み込んだ物体に擬態することができる悪魔だ。飲み込めない大きさの物には擬態できないし、生物とかも無理だな」

「そんならさ、例えば……」
2.8センチのコインをランマは見せる。
「これに擬態させることはできるか⁉」

「ああ、そりゃいける……なるほど！　そういうことか！」

おやっさんにもランマの意図が通じる。

「まず俺がコイツを召喚して、コインを飲ませてコインの形状を記憶させる。そうすりゃ、ミミックはコインの姿で召喚陣から出てこられるようになる‼」

「コインの大きさなら、俺の召喚陣からでも出せる！」

「おー！　あったまいいなぁお前！　よし、早速やってみよう！」

ウキウキしながら二人は一緒に表に出る。

おやっさんは直径1メートル半ぐらいの召喚陣を展開し、ミミックのサモンコインを投げる。

コインは召喚陣に触れると弾け飛び、召喚陣は紫色に輝きだす。

「召喚！」

召喚陣から宝箱の姿をした悪魔――ミミックが出てくる。

『みらぁ！』

ミミックは蓋をパカパカさせて踊る。箱の中の暗闇にはまん丸の目が二つ浮いている。

「よし、ミミック。コイツを飲み込め」

おやっさんは小型銀貨をミミックに見せる。

『みみぃ！』

ミミックは一度蓋を開閉させた。了解、って意味だろう。

おやっさんがコインを宝箱の中に入れる。するとミミックは光を発し、コインへと擬態した。

『みら！』

コインに二個の目が生える。

「成功だな。そんじゃミミック、次に出てくる時はその姿で出てこられるか？」

『みら！』

ミミックは返事し、真っ白なサモンコインとなって転がった。

悪魔は倒されたり召喚士によって一度魔界に戻されたりすると、次に召喚できるようになるまでクールタイムが必要になる。サモンコインが真っ白な状態はクールタイム中であることを示し、その間は再度召喚することはできない。クールタイムは悪魔によって異なり、基本強い悪魔ほどクールタイムは長い。

「ミミックのクールタイムは5分だ。弱いからな。あとはお前さんで試しな」

おやっさんがサモンコインを投げる。ランマはそれを受け取り、代わりに金を渡す。

「ほら、代金。助かったよ」

「いいよいいよ。そいつはタダでやる。頑張れよ」

おやっさんは笑う。

「……ありがとう」

ランマはおやっさんに感謝し、サモンコインを持って家に帰った。


「さてと」

すでに五分経った。サモンコインは再び赤色に染まっている。

召喚陣を出し、サモンコインを投げ入れる。

十秒後。

召喚陣から銀貨が飛び出した。

『みらぁ！』

「で、できた‼　おお！　まじか！　こんな簡単に⁉」

生まれて初めての悪魔召喚。感じたことのない歓喜が全身を走る。

「み、ミミック。宝箱の姿に戻れるか？」

『みら！』

ミミックは宝箱の姿になる。

「完璧だ。えーっと、いろいろ試したいことがあるんだが」

『みらぁ？』

ミミックは体を傾ける。

（か、可愛い！　初めて自分が召喚した悪魔ってこともあってめっちゃかわいい‼）

蓋の部分を撫でてみる。するとミミックはぴょんぴょん飛び跳ねて喜んだ。

「デへへ。ミミックってなんかせこくて薄汚いイメージあったけど、結構かわいいじゃんか。

――と、いかんいかん、本題を見失っていた」

ミミックの天使の如き可愛さを一度頭の外に振り払う。

「まず、そうだな。お前の名前を決めようか。安直だけど、鳴き声が『みら』だし……ミラ、でいいか？」

『みらぁ‼』

ミミック――ミラは飛び跳ねる。

「よしミラ、今日からお前は俺の相棒だ。これからよろしくな！」

『みら！』

ミラは蓋をパタパタと開閉させる。

こうしてランマは相棒ミラを手に入れた。

【名前】ミラ
【種族】ミミック
【特性】擬態……宝箱の姿で飲み込んだ物を記憶し、擬態できる。
【性別】なし……ミミックに性別はないが、ミラの性格は女の子寄り。
【体術】×　【魔術】△　【成長性】○

翌日、ランマは学校に卒業試験までの間欠席することを伝えた。これまで一度として休んだことなかったし、出席日数は問題ない。あと約一か月、ランマはミラと一対一で卒業試験に向けての修業をすることに決めた。

今日は滝の傍に二人は修業しに来た。汗などはすぐさま川で流せるし、森の中にあるため空気がうまい。修業にはうってつけの場所だ。

「なぁミラ、お前の擬態バリエーションを知りたいんだ。今記憶している物体に片っ端から化けていってくれるか？」

『みら！』

滝の側で一人と一体は向かい合う。ミラは順々に己の内に眠るアイテムへ化けていく。

コイン。

鋼の剣。

鋼の槍。

鋼の盾。

宝箱。

現状、ミラのバリエーションはこの五つだった。

宝箱はミミックが生まれつき記憶しているもの。コインはおやっさんが記憶させたもの。

剣と槍と盾、これについてはこれまでの持ち主が記憶させたものだろう。とランマは推測する。

もしくは機能テストでおやっさんが記憶させたのかもしれない。

「ＯＫ。ちなみにあとどれくらい記憶できる？」

『み、ら、ら、ら、ら、ら！』

ミラは五回飛び跳ねた。

「あと五つってことか？」

『みらぁ！』

悪くない。とランマは考える。

空きが五つもあればいろいろと悪さができる。

その時、殺気を孕んだ声が背後の森から聞こえた。

「グルル……！」

ランマは振り返る。鼻息の荒いイノシシが一匹、ランマたちを睨んでいた。

「イノシシか。ちょうどいい。ミラ、お前の力を見せてくれ！」

『みみぃ！』

ミラはデフォルトの形状（宝箱の姿）で跳ねながらイノシシに突進する。

「いけぇミラ！　体当たりだ！」

『みみみみみ〜〜〜！　みらぁ‼』

「ガルゥ‼」

『みらぁ⁉』

ミラはイノシシの体当たりの逆襲をくらい、宙を舞ってランマの足元に落下した。

『み……み』

「大丈夫かミラ！」

ミミックは弱い。そもそものに擬態して相手の不意をつく不意打ち専門の悪魔だ。

ゆえに戦闘力に期待はしていなかったが、しかしイノシシに負けるとはランマの予想外だった。

『みみぃ……』

ミラは申し訳なさそうな顔でランマを見上げる。

「落ち込むなよ。一対一で勝つ必要はないんだ」

「グルル‼」

イノシシが突進してくる。大きさにして闘牛と同じくらい。ランマの胸下ぐらいの大きさだ。

「おぅ――」

ランマはイノシシの突進をスレスレに躱《かわ》し、その頭を脇に挟み込む。

「――らぁ‼」

ランマは森の方へイノシシを投げ飛ばした。

「がる⁉」

イノシシは木にぶつかって地面に落ちるが、すぐさま立ち上がる。

「ミラ！　剣になってくれ！」

『みら？』

「二人でアイツを倒すぞ！」

『みらぁ！』

ミラは剣に擬態する。

ランマは剣となったミラを構える。イノシシは真っすぐ突進してくる。

「切れ味は如何《いか》ほどかな……と！」

イノシシに向かって剣を横に振る。すると――スパッと、イノシシを斬り裂くことができた。

「うおっ⁉」

――なんだ、この切れ味⁉

ランマはほとんど力を入れてないのに、綺麗に真っ二つにできた。

剣が止まらなかった。イノシシの筋肉や骨で刃が止まることなく、大根を包丁で断つように斬れたのだ。イノシシはそのまま息絶え、血をまき散らしながら地面に倒れた。

見た目は特に何の変哲もない剣、とても名剣とは思えない剣だ。なのに、この切れ味。ランマは僅かに疑問を抱くも、今はただ喜ぶことにした。

「すげぇぞミラ！　これなら悪魔だって斬り裂ける！」

『みみぃ♪』

ランマは宝箱の姿になったミラを抱き上げ、存分に撫でる。

（ミラを武具に擬態させて俺がその武具を使う。この戦法なら……！　やるぞ、俺は！　この召喚陣で底辺から頂点まで上り詰めてやる‼）

それから一か月、二人は修業を続けた。そしてあっという間に決戦の日がやってくる。

――卒業試験当日。


ランマが久々に登校すると、早速エディックが教室で絡んできた。

「よう落ちこぼれ。来年使う教科書はもう買ったのか？」

ランマは当然落第だと決めつけ、したり顔のエディック。

「なぁエディック、今日の卒業試験、俺と戦わないか？」

「あぁん？」

「お前が先生に直談判すればきっと許可してくれると思うんだ。お前は先生に好かれてるからな。今年の一番株として」

「はは！　よかったよかった。お前も同じことを考えていたんだな」

エディックはランマを指さす。

「喜べ。ついさっき、先生に頼んできたところだ。俺の卒業試験の相手は……お前だよ、ランマ。引導を渡してやる」

「なんだ、話が早くて助かる」

「……っ!?」

ランマが微笑むと、エディックは一歩後ずさった。ランマの自信に満ちた表情に気圧《けお》されたのだ。

いま、ランマはウズウズしている。エディックへの仕返しとか、卒業試験の合否とか、今はどうでもいいと思っている。

ただ早く試したかった。己とミラの力を……。

第三章　卒業試験

卒業試験は町の魔術練習場で行われた。古くは闘技場だった場所で、円形のドームの中に正方形の石のフィールドがある。

ガルード先生に呼ばれた生徒二人がフィールドに上がり、次々と戦っていく。

「うむ。次で最後だな」

先生が次の受験者を見る。

「ランマとエディック、上がれ！」

ランマとエディックはフィールドに上がり、向かい合う。

「先生、今一度ルールを確認してもいいですか？」

エディックが聞く。

「お互いに悪魔を召喚したら戦闘開始だ。召喚士がフィールドの外に出る、もしくは気絶、召喚獣の消滅、降参で敗北とする。最初に説明しただろう？」

「でもさ先生、ランマは悪魔を召喚できませんよ。これじゃ試験を始められない」

「心配は無用だ」

ランマはミラのサモンコインを見せる。

「おいおい、無駄な足掻《あが》きは――」

ランマはサモンコインをコイントスする。

天に上がったコインが、落下を始める。コインの落下ルートに召喚陣を展開し、コインを召喚陣にくぐらせる。

「召喚」

赤いサモンコインは召喚陣に当たると弾け飛び、召喚陣から銀コインが現れランマの手元に落ちる。

コインの上昇から落下までの一連の流れは実に滑《なめ》らかで、コイントスの間に赤コインが銀コインに変わる手品のようにも見えた。

「鋼剣《2番》！」

そのままランマはコインを剣へと擬態させる。

ランマの一連の動作を見ていた生徒たちは「うお〜！」と歓声に似た声を上げた。

「おま、今なにした⁉　その剣はなんだ⁉　武器の持ち込みは禁止だろ！」

先生は首を横に振る。

「いや、その剣はミミックが擬態したもの……召喚獣の範疇《はんちゅう》だ。問題はない」

「ミミックだと？　ははっ！　なにかと思えば卑怯卑劣でお馴染みのミミックかよ！」

エディックは召喚陣を展開する。

「俺の相手じゃねぇ！　来い、シムルグ‼」

嵐の怪鳥シムルグ。

風を纏《まと》い現れたシムルグはエディックの頭上を飛行する。

「試験開始！」

先生の声を合図にシムルグは突風を巻き起こした。

風がランマを押しのける。

「このまま場外アウトだ！」

「させるかよ！」

ランマは剣を振り上げた。

「おぅら‼」

斬撃《ざんげき》が突風を斬り裂いた。

エディックはまだ余裕の笑みを崩さない。

「ほう。悪足掻《わるあが》きにしては中々だな。――〝四葬暴風《しそうぼうふう》〟」

シムルグが翼から四つの竜巻を放つ。竜巻は地面に当たるとその勢いを失わないままランマへ向かってきた。

「目にもとまらぬ速度の竜巻だ！　せいぜい死なないよう気をつけるんだな！」

そのエディックの言葉に嘘はない。確かに、エディックや他の者たちでは視界の端に捉えるのがやっとの速度だ。

だが、ランマは違う。しっかりと竜巻を目で追っていた。

「ふっ――！」

向かってきた四つの竜巻をランマは剣で斬り抜ける。

「はぁ⁉」

三年前、エディックはランマに『体を鍛えれば召喚陣が広がる』と書かれた本を渡した。

それ以来、ランマは筋トレを欠かしたことはない。そして持ち前の集中力。剣術には疎《うと》いものの、トランプタワーをひたすら建てたことで身に付いた手先の器用さで剣を巧みに操る。

ランマの召喚士としての能力は最低レベル。だが戦士としての能力は常人の域を遥かに超えていた。

「どうだエディック！　前までと同じ落ちこぼれだと思ってたら痛い目見んぞ‼」

「ちぃ！」

ランマの真っすぐ自分を信じた眼。その眼を見てエディックは拳を強く握る。

「ムカつくんだよ……その眼が！」

「なんだと？」

「なんでテメェはあの女に……銀竜の女に会っておいて、そんな眼ができる⁉」

エディックが纏う魔力が強くなっていく。

「銀竜の女……お前、まさか……！」

「ああ。俺も会ってるよ。お前の憧れの女にな！　お前からその話を初めて聞いた時にピンときたぜ。俺に屈辱を与えたあの女と同一人物だとな……！」

「どこで、どこで会ったんだ⁉」

「教える義理があるかよっ‼」

エディックは自身に纏った強大な魔力をシムルグに飛ばす。

「お前はあの女に尊敬や希望を抱いた。だが俺は逆だ。俺があの女に抱いたのは……畏怖《いふ》と絶望さ。この町の中で俺は天才だった。なのに、一歩外に出ればあんな化け物がいる。打ちのめされたよ……俺はお前と違って賢いから一瞬でわかった。一生、あの女のレベルには到達できないと‼」

圧倒的な才能を前に、ランマは憧れ、エディックは絶望した。同じ人間を前にしても人によってこうも感じ方は変わってしまう。

エディックは賢すぎて、ランマは無知だったのだろう。この勝負に勝つのは、賢い人間かそれとも――

「異界都市の言葉にはこんなものがある！　『井の中の蛙大海を知らず』！　まさに俺は蛙だったわけだ！　大海には鮫《さめ》やクジラがいる！　俺が気に入らないのはなぁ、ランマ！　俺と同じで鮫を見たお前が！　オタマジャクシのお前が！　あの人に追いつけると思っていることだ！」

「お前が俺を気に入らないのは、そういう理由だったのか……」

「分不相応なバカは見ていてイラつく。だから俺はお前に引導を渡してやることにした。お前の夢を終わらせること……それが、友達である俺の役目さ！」

エディックとシムルグを中心に竜巻が発生する。

「無駄話に付き合ってくれて感謝するぜ‼」

竜巻は強く、近づくモノを容赦なく弾き飛ばす。

「おかげで〝颪の結界〟は完成した！　このまま竜巻を広げてテメェを地獄まで弾いてやる‼」

調子に乗るエディック。一方、ランマは至って冷静な面持ちだった。

「……そっか。エディック、お前は諦めたんだな……」

ランマは勝ちを確信した笑みを浮かべる。

「勝負は決まった。俺の勝ちだ」

「ほざけ凡夫がぁ‼」

竜巻が広がる。

ランマは剣を口に咥《くわ》え、竜巻に突撃する。

「正面突破だと……⁉」

「ふがぁ‼」

ランマは両手を前に出し、竜巻をこじ開けようとする。

（こんなモン、あの滝の勢いに比べたら……涼しいんだよ‼）

ランマは素手で颪の結界をこじ開け、中に侵入する。

「いかれてやがる……！」

ランマは剣を手に持つ。

「うおおおおっ‼」

ランマの気迫にエディックは気圧される。

「仕方ない……！」

エディックが言うと、シムルグが降下を始めた。

やばい。とランマは口の中で呟く。

エディックの作戦は単純だ。シムルグに自分を背負わせ、空高く飛び上がり、安全圏から風魔法でランマを嬲《なぶ》る。この戦法を取られるとランマに為す術はなくなる。

エディックがこの作戦を最初から取らなかったのはひとえにプライドゆえだ。たった3センチの召喚陣しか持たない雑魚《ざこ》相手にこんな安全安定な作戦を取ることは、エディックにとって屈辱的なことだった。

エディックとシムルグの合流は何としても阻止しなくてはならない。ここが勝負時。

「コイン5番《ばん》」

ランマは手元のミラを剣からコインへ形状変化させる。

この、番号で形状変化させるやり方は相手に次の形状を知らせないためのもの。剣になれ、槍になれ、と命令すれば相手に次の形状がバレてしまう。だからランマは番号でミラが変化するよう練習した。

コインと化したミラをシムルグに向かって投擲《とうてき》する。コインは勢いよくシムルグへ向かっていく。

「コインなんて軽く弾いちまえ！」

シムルグが風を纏う。

「鋼槍《3番》！」

　コインが槍へと変化する。

「なに⁉」

　シムルグは槍を弾き切れず、その翼を槍に貫かれた。

　エディックの失敗は全力の風の鎧《よろい》ではなく、微弱な風の鎧を纏ってしまったこと。コインを想定してしまったために、シムルグは翼を貫かれたのだ。

「ここまでだ、エディック‼」

「こ、の、落ちこぼれが！　調子乗ってんじゃねぇ！　今のお前は丸腰！　まだシムルグにも風魔法を放つ余力はあ――」

　シムルグが風魔法を放つよりも先に、
　エディックが言葉を言い終えるより先に、
　ランマは距離を詰めた。

「速いっ⁉」

　拳の一撃で意識を刈り取れるかは微妙。モタモタしていたらシムルグの風魔法が発動する。

　ならば――

「ロープ《6番》」

　シムルグに刺さった槍がロープに変わる。ロープの長さは30メートルほど。ロープへと変化したミラはランマの傍まで伸びた。

ランマはロープを掴み、

「鋼剣《2番》！」

ロープを剣に変化させる。

「ま、待て。降――ぶぎゃ⁉」

エディックが降参を口にするより前に、ランマは剣脊《けんせき》でエディックの顔面を殴った。

エディックの鼻血が飛び散りシムルグが真っ白なコインとなって落ちる。勝敗は決した。

「しょ、勝者……ランマ‼」

どよめく練習場。

「お、おいまじか。あのランマがエディックを倒しやがったぞ……⁉」

「で、でもなんか卑怯じゃない？　戦い方がなんかさ、まっとうじゃないというか」

「いやいや、機転を利かした良い戦い方だと僕は思ったね！　僕は彼を評価するよ！」

ランマは倒れたエディックに近づいていく。

「お前のくだらない嘘のおかげで、俺はこの肉体を手に入れた。アホみたいにトランプタワー作ってたせいで器用にもなった。この基礎能力がなければ、ミラをここまで使いこなせなかっただろう」

「……何が言いてぇ」

「――ありがとうエディック。お前のおかげで俺はお前よりも強くなれた」

エディックは悔しそうに眼を細める。

「……わりと本気で、お前のこと親友だと思ってたよ」

「…………とことん、馬鹿だな」

ランマがステージを下りると、ガルード先生が近づいてきた。

「先生、俺は……」

「合格だ。文句なしのな。よくミミックにたどり着いたな……確かにその擬態能力を活かせば3センチの召喚陣でも召喚できる。いやはや、まったく盲点だった。しかし、わからないな」

先生はランマの手にある剣を見て眉をひそめる。

『みら？』

ミラは宝箱の姿に変化し、体を傾けた。

「なにがですか？」

「ミミックは擬態した素材の能力を完璧にコピーできるわけではない。精度は二十％ほどと聞いている。つまり、剣に化ければ元の剣の二十％の切れ味しか再現できない。しかし、お前のミミックは何の変哲もない剣に化けながら名剣の如き切れ味を誇っていた。謎だな」

それはランマ自身も抱いていた疑問。明らかにミラの擬態する武具はオーバースペックだった。

ただの剣が風を裂けるわけがない。ただの槍がシムルグの翼を貫けるわけがないのだ。

「ふぉっふぉっふぉ。その疑問については儂《わし》が答えよう」

そう言ってガルード先生の後ろから現れたのは白髭《しらひげ》のお爺さんだ。

「校長先生！　なぜここに⁉」

このお爺さんはアカデミーの長、アルヴィス校長先生である。

Sランク召喚獣〝破戒竜〟シリーズの召喚に人類で初めて成功した傑物《けつぶつ》であり、それまで人類が召喚に成功した悪魔をほぼすべて調べ尽くし、『悪魔図鑑』を作成した。召喚士としても数々の武勲《ぶくん》を上げた間違いなくこの町一番の召喚士である。

「ガルード先生が褒めていた生徒を見に来たのだが」

校長先生は倒れているエディックをチラ見し、長く伸びた髭を撫でながら笑った。

「少々予定が狂ったようじゃ」

校長先生はランマの方に視線を向ける。

「先ほどお主らが話していたミミックの過剰性能《オーバースペック》についてだが、秘密はランマ＝ヒグラシの召喚陣にある」

「俺の？　俺の召喚陣は限界の円環《リミットリング》って言う、一切成長しないポンコツ召喚陣ですよ」

「ふぉっふぉっふぉ！　お主もガルード先生も勉強不足じゃな。おぬしの召喚陣の名は限界の円環《リミットリング》ではない」

校長先生はランマを指さし、

「限界突破の円環《リミットブレイクリング》じゃ！」

「限界突破の円環《リミットブレイクリング》……」

「確かに略して限界の円環《リミットリング》と呼ぶこともあるがな。生まれつき召喚陣が成長しないというハンデを持つが、代わりにその召喚陣で召喚した悪魔の性能が十倍になる！　中々お目にかかれん。最後に確認されたのは八十年前と聞いている」

ランマは頭の中で計算する。

（ということは、ミラの元々の擬態精度が二十％だとして、俺の召喚陣でその精度が十倍に膨れて――）

二十％×十、つまり、

「単純計算で、擬態元の二〇〇％の性能を引き出していたのか！」

『みらぁ！』

「ははっ！　俺たち最高の相性じゃねぇか！　これなら戦える……３センチの召喚陣でも戦えるぞ！」

抱き合う一人と一体。

ガルード先生と校長先生がその光景を優しく見守る。

「以上で、卒業試験を終了とする！」

＊＊＊

卒業試験の後、ランマは校長先生に呼ばれた。

「失礼します」と挨拶して校長室に入ると、校長先生は椅子に座ったまま笑顔を向けてきた。

「うむ。よく来たな」

「えっと、用事ってなんですか？」

「お主の進路についてじゃ」

　校長先生は一枚のパンフレットをランマに差し出す。パンフレットには大きくアビス魔導学院と書いてある。

「アビス魔導学院、という学院を知っておるか？」

「もちろん知ってますよ！　国内屈指の名門学院、学院の卒業生には数々の英雄がいる。みんなが憧れる学院です」

「その学院に、お主を推薦しようと思っておる」

「え……」

　ランマは信じられないという目で校長を見る。校長はコクンと頷く。

「えええええええっ⁉　あの名門に、俺を⁉」

「限界突破の円環《リミットブレイクリング》とミミックの組み合わせが秘める可能性、それは未だ儂にも測れない。お主には最高の環境で、その潜在能力を磨いてほしい」

「……」

　喉から手が出るほど嬉しい誘いだ。

　だけど、ランマはすでに自分が歩むべき道を決めていた。

「すみません。お断りします」

　そう言ってランマは頭を下げる。

「……なぜかな？」

ランマは顔を上げて校長先生の顔を見る。

アルヴィス校長先生は怒ってもいないし呆れてもいない。好奇心に満ちた目でランマを見ていた。これだけの誘いを断る理由に興味を示していた。

「ここを卒業したら旅に出ようと思うんです。実は、ある人を探していて……」

「ほう。その人物とは？」

「名前はわかりません。でも、俺の道標《みちしるべ》となっている人です」

「しかし、名もわからぬ者をこの広い世界から探すのは難しいぞ」

「一応、手がかりはあります」

ランマはポケットから紙を取り出し、金髪の女性の背中にあった弓矢の紋章を見せる。

「この紋章に見覚えがありませんか？」

校長先生は紋章を見ると、目を見開いた。

「これは……！」

明らかに知っている反応だ。

「な、なにか知ってるなら教えてくれませんか！」

「……長い話になる」

「構いません」

「ランマよ。お主はこの我々が住む世界、人間界に隣接する二つの世界を知っておるか？」

「え？　いや……二つは知りません。一つは知ってます。魔界ですよね？」

人間界とは異なる次元に魔界は存在する。

召喚士たちはサモンコインという鍵と、召喚陣という扉を使って次元の壁を越え、悪魔を人間界に招待する。召喚士なら誰もが知っている常識だ。

「そう。片方は魔界じゃ。そしてもう一つ、天界というものがある」

「天界？」

「天使が住む世界じゃ。この三つの世界は魔界、人間界、天界という順で並んでおる」

ランマは『天使なんているはずがない』という常識を一度飲み込み、話を進める。

「天界、なんてものが存在するとして、この紋章に何か関係あるんですか？」

「ある。この紋章を背負った者たちが相手にしている存在こそ天使、否、堕天使《だてんし》なのだ」

校長先生の表情が真剣になる。

「通常、天界から人間界へ天使を召喚することはできんし、禁忌《きんき》とされている。しかし、その禁忌を破り９９９体の天使をこの人間界へ呼び出した者がいる」

「きゅうせんきゅうひゃくきゅうじゅうきゅう⁉　なんだそのバケモン！　もし天使の召喚に悪魔の召喚と同等の魔力が必要なら、ありえない数だ……」

「悪魔より天使の方が召喚に使う魔力は大きいじゃろうな。だがやってのけた者がいる」

ランマは頬に汗をかいた。

悪魔を一体召喚し、維持するのにもかなりの集中力と魔力を使う。悪魔より燃費の悪い天使を９９９体召喚するなど、もう人のできる範囲を超えている。自分の頭の中にある数多くの英雄たちですら、その召喚士と比べたら塵同然だ。

「そして！　天界より人間界に召喚された天使を堕天使と呼ぶ！　この堕天使の討伐を目的とした組織こそ、お主が探しているものじゃろう」

校長は目を細め、

「組織の名は――射堕天《いだてん》サークル。堕天使を射貫く者たちじゃ」

射堕天という単語は聞いたことがあった。

「あの人と同じ紋章を背負った男、確かスウェンとか言う奴が自分のことを射堕天と呼んでいたな……」

――それにしても、

「射堕天サークル、か。変な名前だな……」

「サークルとは人の輪、仲間という意味があってな。まぁギルドの一種じゃよ」

「でも天使ってそんなに嫌なイメージないですけど、討伐しなくちゃいけないものなんですか？」

「普通の天使は純真無垢《じゅんしんむく》で聖なる存在。むしろ崇《あが》めるべき存在じゃろう。だが堕天使《奴ら》は違う。私利私欲を貪り、人間界に堕ちたケダモノじゃ」

そもそも、と校長先生は言葉を紡ぐ。

「堕天使が現れたからこそ、我々は魔界と手を組み召喚術で悪魔を呼び出せるようになったのじゃ。堕天使が現れた時、魔王と人間界に存在する7人の王が話し合い、結託した。魔王は人間界で堕天使の侵攻を食い止めるために、幾万のサモンコインをこの世に放ったのじゃ。人間界が滅べば、次は人間界に隣接する魔界に堕天使が現れる可能性があるからのう」

国でイメージすればわかりやすいだろう。

人間界・魔界・天界という三つの国があり、人間界を挟んで魔界と天界は存在する。ある日、天界の一部が人間界に侵略戦争を仕掛けた。もしも天界が人間界を征服すれば、次は人間界に隣接する魔界に侵略戦争を仕掛ける可能性は高い。

これを防ぐために魔界は己の国の武器《サモンコイン》・武力を人間界に流した。人間界と魔界の連合国の誕生である。

「つまり、堕天使とは人間界と魔界が手を組まねば倒せぬほどの存在じゃ。安易に奴らを追うことはお勧めできんな」

「……俺の故郷は、怪物に滅ぼされました。その怪物を倒すために、この紋章を背負った人が現れたんです」

「そうか……」

校長先生は何かを察したようにため息をついた。

「ようやく、家族の仇の正体がわかった」

「……もう、止めても無駄なようじゃな」

「はい。俺にはこれを追う理由が多すぎる」

校長先生はペンを持ち、紙に何かを書き始めた。

「射堕天サークルのメンバーには儂の知り合いも存在する。射堕天にこれを渡すといい」

校長先生は紙を封筒に入れて、ランマに渡す。

「紹介状というやつじゃ。奴らの本拠地は異界都市《いかいとし》ロンドンにある。そこを目指すといい」

「はい！　ありがとうございます！」

「卒業式は出なくともいいぞ。その顔――一刻も早く出発したいようじゃ」

校長の言う通りだった。

「じゃ、俺はこれで。いろいろありがとうございました！」

「うむ。卒業おめでとう。さよならじゃ」

校長先生は満面の笑みで送る。

ランマは勢いよく校長室を出た。

＊＊＊

ランマはその日のうちに荷物をまとめ、町の外に繋がる路地を歩く。足元で宝箱姿のミミックが跳ねながら付いてくる。

「ロンドンか。確か海上都市だったよな……」

『みら！』

「あれ？　どっから行けばいいんだ？」

「待て」

町を出ようとするランマを、一人の少年が呼び止める。

ランマは振り返って驚いた。おおよそ見送りに来るような人物ではなかったからだ。顔に包帯を巻いた少年、その少年の名は、

「エディック……」

「ガルード先生から聞いたぞ。ロンドンを目指すんだってな」

エディックは一冊の本、地図帳をランマに向けて差し出した。

「持ってけ」

「地図帳！　ちょうど欲しかったんだ――」

ランマは受け取ろうとして、ふと気づく。

「……お前まさか、今度はでたらめな地図を渡して俺を道に迷わせる気か。性格終わり過ぎだろ……」

「本物だ馬鹿！　いいから持ってけ！」

エディックは無理やり地図帳を押し付ける。

「この前の試験の礼は必ずする！　それまでにテメェが迷子になって野垂れ死ぬのは我慢ならねぇって話だ‼」

「本当だろうな⁉　これでもしロンドンの反対側とかに着いたら……おま、さすがの俺も泣くか

らな‼」

「テメェが地図を読めれば絶対ロンドンに辿り着くよ！　ここに来てまでくだらない嘘言うほど腐ってねぇ！」

　エディックはランマに背を向け、

「……俺があの銀竜の女に会ったのは〈ロンドン〉に旅行に行った時だ」

「⁉」

　エディックは照れくさそうに頭を掻きながら話を続ける。

「土産屋で買い物してたら、いきなり強盗が押し入ってきてな。俺と同じで、シムルグを使役する野郎だった。俺が怯えて動けずにいるとあの女が現れた。女は素手でシムルグを倒し強盗を無力化させ、外で待機していた強盗の仲間たちを銀竜を使って蹴散らした。打ちのめされたよ。あんなバケモンがこの世にいるなんてな……それが四年前のことだ。だから、〈ロンドン〉にあの女がいる可能性は大きいだろうよ」

　エディックは最後に小さく手を振り、

「……悪かったな」

　ランマはエディックの背を見送ると、森へ目を向ける。

「そんじゃ行くかね」

『みらぁ！』

　向かうはロンドン、そこにある射堕天サークルを目指す。

第四章　異界都市

五十年前、なにもない平原にそれは突然現れた。

〈異界都市キョート〉。金色の寺や造りの独特な城など、見たことのない技術で作られた建造物が多く存在するオーバーテクノロジーの街。調査団が調べた結果、わかったのはそれが遥か遠くの異界より召喚されたということ。生物は一切召喚されていないということだ。さらに地形が継ぎ接ぎの部分があり、異界のキョートとは地形が変動している可能性も示唆されている。

三十年前、なにもない海にそれは突然現れた。

〈異界都市ロンドン〉。オーバーテクノロジーが使われている点や生物が一切いない点、地形が継ぎ接ぎであったり突如現れたりした点は〈キョート〉とほとんど同じだが、建造物の特徴はまるで違った。多数の宮殿、巨大な橋、威厳のある時計塔。こちらの方が我々の世界のものに近い建造物が多かったと記録されている。

十年前、なにもない砂漠にそれは現れた。

〈異界都市ラスベガス〉。カジノと思われる建物とホテルと思われる建物が混在し、すぐさま砂漠のオアシス、博打都市となった。

三つの異界都市には我々の世界にない技術が多くあり、これらを丸ごと抱えた〈コックステール王国〉はそれらの技術を吸収。国力を大幅に伸ばし、世界の覇権《はけん》を握った。

蒸気機関、自動車、電球、缶詰などなど異界都市がもたらした技術は我々の生活を大いに潤した。その一方で、「異界都市の産物は環境に悪い」、「正当な進化で手にしていないものを扱うのは危険だ」という意見や「召喚獣の方が車より速い」、「電球なんて使わずとも魔導具で十分」など異界都市の技術に抵抗する声も多い。

調査団によると、三つの異界都市はすべて二十世紀という異界のくくりの中に存在したものらしい。ちなみにその異界の基準で言うなら我々の世界は今十六世紀のようだ。年月にして実に四百年近い差があるが、我々の世界とあちらの世界で時間の測り方や流れ方が同じであるかは定かではないし、比べるだけ無駄だろう。

現在の異界都市はオーバーテクノロジーと我々独自の魔術産業が混じりあって非常に混沌としている。はてさて、異界都市の存在は善か悪か。誰が一体どんな目的で召喚したのか。謎は多い。筆者としてはあまり謎はきちんと解明されない方が嬉しい。未知や謎ほど美しいドレスはないのだから。

【アムレッツ新聞〝ハイム＝ハイムのコラム〟より抜粋　人暦《じんれき》一五一二年八月十二日発行】

＊＊＊

「やっと町に着いたな」
出発から二日目の昼、ランマは〈ラヴィアンローズ〉という町に着いた。
「すげぇ。絶景だな」

〈ラヴィアンローズ〉は薔薇《ばら》の町と呼ばれ、ほとんどの家庭で薔薇が栽培されている。薔薇ジュースや薔薇酒、薔薇のジャムなどが名産である。

丘の上からランマは〈ラヴィアンローズ〉を見下ろし、その彩りに目を奪われた。赤、青、黄、白、様々な薔薇が町を鮮やかに演出している。今日は風が強く、花弁が飛び、それがまた一層町を美しく引き立てた。

ランマは丘を下っていく。

「良かった。この地図帳はちゃんとホンモノみたいだな」

ランマはエディックからもらった地図帳を広げる。

（ここを越えりゃ港町まで二十キロちょい。今日中に港町に行って、明日には船に乗れそうだな）

ランマは〈ラヴィアンローズ〉に足を踏み入れる。

薔薇以外は特筆すべき特徴はない。木造の家、店が立ち並んでいる。

「腹減ったし、まずは飯だな飯……」

食事処を探し、周囲を見回す。すると、

「お母さんどこ……？　どこ行っちゃったの？」

と悲痛な少女の声が聞こえた。

視線を下ろすと涙ぐむ幼い少女がいた。ランマはやれやれと頭を掻き、前屈みになる。

「……どうした？　迷子か？」

「おにいちゃん、だれ？」

「お前の味方だよ。お母さん探してやるから、名前、教えてくれるか？」

「……ララ」

「よーし、じゃあララ、一度耳を塞いでくれ」

ララが言う通り耳を塞いだのを確認し、ランマは目いっぱい大気を吸い込んだ。

「ララちゃんのお母さん！！！！！　いませんかぁ！！！！！？」

辺り一帯に響き渡る大声。あまりの声量に近くの店のカウンター扉が開閉するほどだ。

「……近くにはいなさそうだな」

待っても母親が出てこないのを確認したランマはララに目を向ける。

「なぁララ、お母さんがいそうなところわかるか？」

「えっとね、おかあさんはよくおさけをのんでるよ。すっごく、たるがいっぱいあるばしょでね」

「酒場かなぁ」

ランマはとりあえずララを連れて酒場を探すことにした。人気の少ない路地に入ると、正面に人影が現れた。

「ん？　あれは……」

その人物は灰色の髪をポニーテールに結び、右腕がない。

ランマは彼に見覚えがあった。それはひと月前、助言をくれたあの少年だった。

――スウェン。

射堕天と名乗っていた青年だ。

「お、お前！」

「……」

スウェンは無言のまま、殺気に満ちた目でこちらに向かって走り出した。

「!?」

スウェンはランマとの距離がまだ十メートルほどある位置で地面を蹴り砕き、大きく飛んだ。

殺意の矛先がララに向いていることにランマはすぐさま気づき、ララを背中にかばう。

スウェンの飛び蹴りを、ランマは両腕で受け止めた。

「……ちょ！　なにやってんだお前‼」

「あれ？　君は確か」

スウェンはランマの腕を足場に飛びのく。

ランマはビリビリと震える両腕を見る。

（なんつー蹴りだ。痺《しび》れてやがる……）

「やっぱそうだ。限界の円環《リミットリング》の子だよね。こんなとこでなにしてるの？」

今の蛮行を忘れたかのように、なんてことない調子でスウェンは話しかけてきた。

「お前らの本部に行くところだよ。異界都市ロンドンにな」

「え？　もしかして僕らの仲間になるつもり？　いいじゃん！　初めて見た時から君とは気が合

うと思ってたんだ」

「……俺もそう思っていたんだがな。今のお前の行動で思い直したぜ。今、コイツになにしようとした⁉」

スウェンは目を細める。

「そうだ、忘れてた。そこをどいてくれる？」

ランマは一歩前に出る。

「どいたらどうする気だ？」

「その女の子をね、殺したいんだ」

「……ならどけねぇな」

「うーんと、そっか。説明不足だったね、その子は――」

「おがあざん」

後ろから、濁ったララの声が聞こえた。振り向くと、ララの全身に亀裂が走っていた。

「ララ……？」

ララの全身が膨らんでいく。

「――っ‼」

「おがあさん、どこぉ⁉」

次の瞬間、ランマはスウェンに思い切り蹴り飛ばされた。

そのすぐ後、大きく膨れ上がったララは轟音と共に炸裂した。

「ぐっ⁉」

ララの爆発の烈風をスウェンは至近距離で受ける。

一方、ランマはスウェンに蹴り飛ばされたおかげで爆風から逃れていた。

「は？　え？」

目の前の状況が理解できないランマは、ひたすら呆然とするしかなかった。

ただわかるのは、自分のせいで目の前の少年が怪我を負ったということだけだ。

「あっはっは。身体強化魔法《ブースト》をかけていたとはいえ、さすがに生身だと効くなぁ～」

スウェンは笑いながら地面に座っている。

爆発の規模は小屋ぐらいなら木《こ》っ端《ぱ》微塵《みじん》にできるレベルで、その爆発を間近で受けたのに原形を留めているスウェンにランマは驚きを隠せない。

(今のを受けてかすり傷程度……⁉　コートも一切傷ついてない。コートが特別性なのか？　いや、それよりなんで――)

ララの姿はない。完璧に弾け飛んでいる。

だがララの弾け飛んだ跡に、黒こげの物体がある。半分炭化しているが、輪郭はわかる。

(これは……弓矢の矢、か？)

スウェンはコートに付着した土埃をはたき、立ち上がる。

「一応言っておくけど、彼女が死んだのは君のせいじゃない。君と会った時にはすでに彼女は死んでいたからね」

「一体なにがどうなってるんだ？　まさか、ララは堕天使だったのか……？」

「いいや違う。いろいろと説明したいけ、ど……」

スウェンはバタ、と倒れた。

「お、おい！　大丈夫か⁉」

ランマは慌てて駆け寄る。

「お前、やっぱりさっきの爆発でダメージ入ってたんじゃねぇか！　待ってろ、今病院に――」

ぐぅ〜、という音がスウェンから響いた。

「いやぁ、病院じゃなくてご飯屋さんに連れて行ってくれるかな。朝から何も食べてなくてね。もう限界」

「……ただの空腹かよ」

＊＊＊

ランマはスウェンを引っ張って近くにあった民衆食堂〈アイスバーグ亭〉に入った。

席に着いて大量の料理を注文する。食事が運ばれ、スウェンが大皿を四つ空にしたところでようやく話が始まった。

「生き返った！　食事は抜いちゃダメだね。反省反省」

「もう話はできるか？」

「うん。なんでも聞いて」

「まず、ララ――俺と一緒にいた女の子は一体何者だったんだ？」

「彼女は堕天使の眷属《けんぞく》だよ」

「眷属？」

「奴隷や従者と言い換えてもいい。言いなりってことさ。一定以上の能力を持つ堕天使は隷属《れいぞく》の矢というものを持ってるんだ。これに射貫かれると一生奴らの眷属にされる。治す方法はない」

ランマの脳裏に先ほどララがはじけ飛んだ跡に落ちていた黒焦げの矢が過る。

「堕天使ってのはそんなやばい能力を持ってるのかよ……」

「矢はもっとも気をつけなくてはならない攻撃だ。受けたら一発アウトだからね。天使といえば矢で相手のハートを打ち抜き魅了するイメージがあるでしょ？　この隷属の矢が転じてそういうイメージを人類に抱かせたのだろうね」

「じゃあ、堕天使の野郎が……あんな女の子を爆破させたのか。あの子を矢で射貫いて、操って、爆破させたのか……‼」

スウェンは頷く。

「彼女は僕を見た瞬間に起爆態勢に入ったように見えた。きっと、この射堕天のコートが近づいたら起爆するよう指示されていたんだろうね」

「……腐ってやがんな」

ランマは怒りの表情を浮かべる。

そんなランマをスウェンは嬉しそうな表情で見る。

「君、堕天使のこと元々知ってたよね。誰から聞いたの？」

「俺が通ってたアカデミーの校長先生に聞いたんだ。ちょっと待ってろ」

ランマはスウェンに校長からの手紙を渡す。

スウェンは封を切り、手紙に目を通す。

「へぇ、ホントに射堕天サークルに入りたいんだね。推薦者はアルヴィスさんか、凄い大物じゃないか」

「俺をお前らの仲間にさせてくれ！　俺も堕天使には少なからず恨みがあるんだ。あと探してる人がいて――」

「お断りだね」

スウェンは手紙を真っ二つに破った。

「なっ……なにしやがる⁉」

「足手まといはいらない」

「足手まといだと？　俺はお前と前に会った時より成長している！　足を引っ張らない自信はあるぞ！」

スウェンは小さくため息をつき、

「彼女が体に亀裂を入れた後、膨らむまで一秒」

「？」

「それから起爆するまでにさらに一秒。合計二秒、君には時間があった。二秒という時間を与えられながら間近で起きた異常に対し、君はなにもせずにただ突っ立っていた」

「⁉　それは……」

「僅か二秒が生死を分ける。そういう世界だよ。僕らが生きている世界はね。回避行動をとるのが最善、自己強化魔法をかけるのが次善、防御態勢を取るのが最低限だ」

鋭い視線が突き刺さる。

実際、ランマはあの時、目の前で起きた異常に対し驚くばかりでなにも行動しなかった。できなかった。

もしもスウェンが助けに入らなければ死にはせずとも重傷を負っていただろう。

失態を自覚した上で、ランマはどうしたらもう一度チャンスをもらえるか、そのことに意識を回していた。

「……お前、どうして一か月前、〈カーディナル〉にいたんだ？」

「僕は二か月前からこの地域にいるはずの堕天使を探しているんだ。君の町に行ったのもそのためだよ。その堕天使は間違いなく、ララちゃんを眷属にした堕天使と同じだ」

「お前が必死に探してるその堕天使の居場所に心当たりがある、と言ったらどうする？」

二秒の失態を取り返すため、ランマはある情報を差し出すことにした。

「交換だ。情報をやるからもう一度チャンスをくれ」

「……いいよ」

「堕天使は酒場にいる可能性が高い」

「なぜかな？」

「ララが俺を酒場に誘導していたからだ」

ランマはララと話したことをそのままスウェンに教える。

「なるほど。確率は高いね。君を酒場に誘導して、君も矢で射貫くつもりだったのかもしれない」

「この町には酒場が三か所ある。しらみつぶしに探ろう」

ランマとスウェンは会計を終え、外に出てから話の続きをする。

「おう！」

二人はまず、町の外れにある人通りの少ない酒場に足を運んだ。

「もしここに堕天使がいるのなら、君と同様に眷属に誘導され、矢で射貫かれ眷属にされた人間が多くいるだろう。護衛としてね」

「矢で射貫かれた人間とそうでない人間はどう見分けるんだ？」

「これを使って」

スウェンは手鏡をランマに渡す。

「これは天鏡《アマツガミ》、ここに眷属の姿を映すと頭の上に黄色の輪っかが見えるんだ」

「これでララも判別したわけか」

ランマは天鏡を左手に持ち、右の手でサモンコインをコイントスする。

「召喚」

ミラ（コインの姿）を召喚し、右手に握る。

「へぇ。ミミックにしたんだ。そっかそっか、ミミックの擬態を使えば君の小さな召喚陣からでも出せるよね。頭いい」

「はぁ？　お前が言ってた『どんな大きさの召喚陣でも出せる悪魔』ってミミックのことじゃなかったのか？」

「違うよ。ほら、スライムとかならいけるかなって」

「スライムは核がすでに5センチあって俺の3センチの召喚陣からじゃ出せねぇよ」

「そうなの？」

「適当なやつだな……」

とは言え、スウェンの言葉がヒントとなったので結果オーライである。

「それじゃ行くよ。入ったらすぐに中にいる人物を鏡に映すんだ」

「了解」

ランマとスウェンは扉を押し開き、酒場に入る。

「いらっしゃい」

カウンターにグラスを拭く紳士風な男が一人。

テーブル席には二十人を超える客。それぞれ和気あいあいと酒を飲んでいたり食事をしたりしている。

一見、普通の酒場の光景だ。

「……」

「……」

ランマとスウェンは鏡を客やバーテンダーの方へ向けた。

「⁉」

映す人間映す人間すべての頭上に――天使の輪っかが存在した。

唯一、バーテンダーを除いて。

「転生術――」

スウェンの足元に星形の魔法陣が発生する。星形の魔法陣は転生陣の証。

「おいで、〝骸炎《がいえん》〟」

隻腕だったスウェンに、黒炎《こくえん》の右腕が生える。転生術を見た客たちはスウェンを明確に敵だと認識する。次の瞬間、一斉に客たちが襲い掛かってきた。

スウェンはそのすべてを右腕の黒炎で薙《な》ぎ払う。

「すっげ……！　右腕が生えやがった」

ミラを剣に擬態させ、その様子を見ていたランマは呆気に取られた。

「驚いた？　〝骸炎〟はね、術者の失われた部位を補って発現するんだよ」

転生術とは、簡単に言うと体を造りかえる術だ。つまるところ変身である。

生まれ持った転生陣によって変身能力は異なる。スウェンの転生術〝骸炎〟の能力はスウェンの言った通り、体の失われた部位を黒い炎が補填《ほてん》することである。黒い炎は巨大化させることも可能だ。

「さぁて、鏡に反応しなかった君が堕天使かな？」

「いいえ、私はただのこの店のオーナーですよ。アディガロスと申します」

スウェンはいつの間にかくすねた店のナイフをバーテンダーに投げつけた。

バーテンダーは額にナイフを受ける。

「うげっ！」

「……」

バーテンダーは仰け反るも、ナイフを額から引き抜き、平然とまた視線を前に向けた。

「血が見えないね」

スウェンが言うと、バーテンダーはつまらなそうな瞳で「やれやれ、物騒な客ですね」と呟きながら右手の手袋を外す。

手の甲には９９８という数字が刻まれていた。

「第三階位とは言え９００番台か。ランマ君、眷属は僕が片付けるから、堕天使の相手は君に任せる」

「はぁ⁉　いきなり堕天使相手にタイマンかよ！　俺は堕天使の能力とか知らねぇんだぞ！」

「それ込みのテストだよ」

ウィンクするスウェン。ランマは不服ながらも受け入れる。

「まったく、スパルタだな」

ランマは唾を飲み込み、前に出る。

「つーわけで、アンタの相手は俺だ」

バーテンダー姿の堕天使アディガロスは指をぱちんと鳴らす。すると彼のすぐ傍に黄金の円形魔法陣が展開された。

（アレは、召喚陣か⁉）

堕天使は首に掛けた十字架《ロザリオ》にキスをし、召喚陣に投げる。十字架は弾け、魔法陣が輝く。

「降臨せよ。――天界礼装〝蛇剣《じゃけん》コウリュウ〟」

召喚陣から現れたのは悪魔ではなく――一本の剣。色は血を固めたような赤、質感は蝋《ろう》のよう。鍔《つば》には翼のような模様が描かれている。

一定間隔で刃には切れ込みのようなものが入っている。

「剣を、召喚しただと……⁉」

「召喚術はあなた方の特権ではありませんよ」

相手が理解の外にいる存在だというのは承知の上。ランマは動揺から乱れた呼吸を整え、改めて相手を見据える。

「一つ聞くが、ララという女の子を自爆させたのはお前か？」

「ああ、あの小娘ですか」

アディガロスはクスりと笑う。

「母親を探していたでしょう？」

「……ああ」

「愚かですね。ナイフで滅多刺しにして自ら殺した癖に」

「……テメェがやらせたんだろ」

「ええ、まぁ。娘に刻まれる母親の顔と言ったら」

アディガロスの瞳が真っ黒に染まる。

「非常にビューティフォー、でしたね」

ランマの頭にあった一ミリの躊躇《ためら》いが、今、消え去った。

ランマは走り出す。

アディガロスは召喚した剣で突きを放つ。すると剣は伸び、十メートル先にいるランマまで到達する。ランマは剣の腹でアディガロスの突きを弾く。

一滴の汗がランマの頰を伝う。

(伸びる剣⁉　あと一瞬、反応が遅れてたら死んでいた)

生まれて初めての殺し合い。本気の殺気を前に、ランマの表情に緊張の色が滲む。

「素晴らしい反応ですね……下等生物にしてはですが」

アディガロスの剣は無数の刃をワイヤーで繋いだ蛇腹剣。その攻撃範囲は十メートルを超える。

ランマが一歩踏み出すより早く、アディガロスは剣を横に薙ぐ。伸びた剣が店の酒瓶を斬り裂きながら迫る。ランマは剣を縦にし、薙ぎ払いを受ける。

「⁉」

しかし蛇腹剣のワイヤーがランマの剣に引っかかって折れ曲がり、紅き刃がランマの背後に鋭く迫る。

跳んで躱すこともできるが、空中で追撃を捌《さば》くのは至難。ならば、

「鋼槍《3番》！」

ミラを槍に変化。

槍を床に刺すと同時にランマは足を床から離し、槍の柄頭の上で逆立ちするようにして蛇腹剣を避けた。

「ちっ」

「やるねぇ♪」

渋い顔をするアディガロスを見て悪い笑みを浮かべるスウェン。

蛇腹剣は縮んでいく。そしてまた伸び、ランマに迫る。

床に着地したランマは蛇腹剣を槍で捌く。そしてまた蛇腹剣は縮んでいく。

ランマは槍を構え、フーッと息を吐く。

（わかったことは二つ。一つはあの剣は一度伸ばす度に縮めなくちゃならない。連続攻撃はできず、攻撃の後に隙がある。二つ、剣が伸びるスピードは凄まじく、これ以上近づくと見切れない。つまり、どっちみちこれ以上距離を縮められない。さぁ、どうしよっかな！）

ランマは左手をポケットに突っ込み、コインを一枚出した。なんてことない、ただの銀貨だ。

「？」

ランマのその行動をアディガロスは警戒し、攻撃の手を止める。その間にランマは左手の人差し指の上でコインを回し出した。

攻撃でも防御でもない、ただの手癖である。

「なにをしている……？」

ランマの不気味な行動に疑惑の表情を浮かべるアディガロス。

思考を終えたランマは銀貨を指で弾き、そのまま捨てた。

「……よし。これでいこう」

ランマの手遊びが何の意味もない行為だと判断すると、アディガロスは蛇腹剣を薙いだ。

「鋼剣《2番》！」

ランマはミラを剣に擬態させ、蛇腹剣を強く弾く。蛇腹剣が縮んでいくのを見て、ランマは剣を投げた。剣は縦に回転しながらアディガロスに迫る。アディガロスが蛇腹剣でそれを迎撃しようとした瞬間、

「コイン《5番》！」

ミラがコインに擬態する。的が小さくなったことで蛇腹剣は空振り。その後で、

「鋼盾《4番》！」

アディガロスの目の前でコインはシールドへ変化する。アディガロスの視界を、鋼の盾が埋めた。

その隙に、ランマは駆け出した。

「くっ……！」

アディガロスが手で盾をどけようとした時、ランマは盾越しに飛び蹴りをかます。

「ちぃ‼　下等生物が‼」

「口調が崩れてんぞ！　上等生物さんよ！」

アディガロスは床に倒れこむ。

ランマはアディガロスの右手首を握りしめ、ボキ……とへし折った。

蛇腹剣が手から離れる。ランマは蛇腹剣を右手に取り、左手に盾を持って飛びのく。

「はっは！　この剣はもらっとくぜ」

「……愚かですね」

アディガロスは立ち上がり、ニヤリと笑う。

「いっ⁉」

突然、蛇腹剣を持つ右手に激痛が走った。まるでマグマに浸した溶岩を手掴みしてるような痛み。思わず蛇腹剣を手放す。

「人間如きが、天界の礼装を扱えるわけがないでしょう」

（だ、駄目だ！　長く持ってたら痛みで気絶する‼）

「さぁ、返してもらいますよ」

しかし、この武器を返すのもおいしくない。

天使の武器を人間が扱えない可能性は頭にあった。ゆえに、その場合の対策も考えてある。

「嫌なこった」

ランマは自分の手を見る。激痛は走ったが、手はちょっと焦げている程度だ。精神的ダメージはかなり大きいものの、肉体的ダメージはそこまでではない。もう数秒程度なら持てる。

「ミラ！」

『みみぃ！』

ミラが原形の宝箱の姿になる。ランマは蛇腹剣を持ち、そして、

「口開けろ！」

「⁉　まさか……‼」

そこでランマのやろうとしたことに気づいたアディガロスは初めて顔を歪めた。

「やめなさい！」

『みらぁ‼』

「いっつ⁉」

ランマは激痛に耐えながら、ミラの中に剣を突っ込んだ。

ごくん、とミラは剣を飲み込んだ。

「なんてことを……！」

「これでお前の武器はなくなったな」

ランマはミラを鋼の剣に擬態させる。

「さてと、こっちも大詰めみたいだね」

ランマの背後からスウェンが言う。ランマが振り返ると、そこには眷属の死体が散らばっていた。

アディガロスは周囲を見回す。

ほぼ無傷の召喚士と転生士。転生士の方は素手の自分では手に負えない。

そして目の前の召喚士も優れた身体能力と判断能力、さらに変幻自在の悪魔を操る。

眷属はすべて使い尽くした。

総合的に勝ち目がないと判断したアディガロスは背中から骨の翼を生やした。

「⁉」

「失敬。ここは逃げさせて頂きます」

アディガロスの体が宙に浮く。

「飛んで逃げる気か！」

アディガロスは店の壁を突き破り、外に出る。

「待ちやがれ‼」

「ランマ君！」

スウェンは黒炎の右手でランマの背中を叩く。

「え……？」

「がんば‼」

「ちょ、ま」

スウェンは思い切りランマを弾き飛ばすと、発射された大砲の弾の如くランマは店を突き破り外に飛び出した。

背中は灼けるように痛い。スウェンをぶん殴りたい。ただひとまずそれらの感情は心の底に抑え込み、ランマは標的を見る。

互いに空中、標的との距離は約二十メートル。

(この距離で使える武器はアレしかねぇ！　使いたくはねぇが‼)

ランマはミラを握りしめ、

「コウリュウ‼」

ランマが叫ぶと、手元のミラが蛇剣コウリュウに擬態した。

それを見たアディガロスは余裕の笑みを浮かべる。コウリュウの最大射程は十二メートル。それを知っているので自分には攻撃が届かないとほくそ笑んだのだ。

アディガロスは知らなかった。コウリュウの性能が二倍に拡張していることを。

――ザン。

小気味の良い音が響くと同時に、伸びたコウリュウによってアディガロスは首を斬り落とされた。

「なん、だと……⁉　コウリュウは、ここまでは届かないはず……！」

「わりぃな。限界突破してるもんで」

アディガロスはひらひらと空から地面に落下する。生首は数秒動くも、すぐに静止し、生命活動を終えた。

「……？」

着地したランマは剣を持つ右手に、違和感を覚えていた。

（痛くねぇ……？）

さっき握った時は激痛が走ったのに、ミラが擬態したコウリュウは握っても痛みがなかった。

＊＊＊

ランマの後を追って外に出たスウェンは、僅かに汗をかいていた。

（天界礼装を装備して、一切のダメージがない……？　そんなこと、ありえるのか？）

ランマの手には確かに天界礼装がある。だがランマは平然とそれを持っている。

（天界礼装を操ろうと多くの研究がされたが、一切実らず、礼装を操った際の天罰を避けることは今現在も不可能だったはずだ）

まず疑ったのはランマが天使だという可能性。だがそれはすぐさま否定される。

（彼は天使じゃない。天使は魔界から悪魔を召喚できない）

ならば、一体目の前の光景はどう説明する？

（アレはミミックが化けた姿だ。悪魔であるミミックが剣を取り込んだことで、何らかのバグが生じたのかな。それにしても、低級悪魔であるミミックが天界礼装に擬態できるなんて普通はありえない。彼の特別な召喚陣ゆえか）

スウェンは小さく笑う。

（彼、自分がとんでもないことをしたって自覚あるのかな？　天使とはいえ人の形をした存在を躊躇なく倒したあたりメンタルも十分。戦闘時のあの集中力、それに堕天使相手でも引かないあの身体能力。ほんと、面白い拾い物をしたな。後はミカヅキさんがどういう判断をするか……）

＊＊＊

パチパチパチ、という拍手の音でランマは振り返る。スウェンが笑顔でランマに拍手を送っていた。

「お見事。初めての堕天使討伐だね」

ランマの右ストレートをスウェンは手のひらで簡単に受け止めた。

「一発殴らせろ……！」

「あっはは～、やーだ」

ランマとスウェンはアディガロスの死体に歩み寄る。

「どうすんだこれ。放置するわけにもいかないよな」

「僕が頂くよ」

「頂く？　回収して解剖でもすんのか？」

スウェンは黒炎の右手でアディガロスの死体に触れる。すると死体が黒く燃え上がった。

「骸炎にとって骸《むくろ》は薪《たきぎ》だ。骸を燃やすことで、骸炎は力を増す」

アディガロスの生首と体は炎となって骸炎へと吸収されていく。

同時にスウェンの魔力が上昇したのをランマは感じた。

(えげつない能力だな。死体を魔力に還元するのか)

「ほら、戻るよ。アレは見ておいた方がいい」

「アレ？」

二人は酒場に戻る。そこでランマは信じられないモノを見た。

「なっ……!?」

眷属たちの遺体が、光の粒へと変わっていく。

「みんな……光になっていく」

赤、青、黄色、緑、ピンク、白……様々な色の光となって舞い上がっていく。その色は、彼らそれぞれの人生の色を表しているかのようだった。

「堕天使が死んだ時点で、眷属たちは生きていようが死んでいようがすべてこうなる」

その光の粒たちは儚げで、それでいて温かくて、思わず、ランマは両目から涙を流していた。

『ありがとう』

女性の声が、耳に響く。

「この声は……」

「彼らの声だよ」

ありがとう。ありがとう。ありがとう。と、声が聞こえる。優しい、声だ。

「堕天使の眷属となると魂を束縛される。君が堕天使を倒したから、彼らの魂は解放された。そのことに感謝しているのさ」

そう語るスウェンの背中が、ランマには大きく見えた。

「今でも世界には魂を堕天使によって縛られている人たちがいる。彼らの魂を解放することも、僕らの重要な仕事の一つだ」

光を見送りながら、射堕天という仕事の責任の重さをランマは実感した。

光は酒場の外に出ると、空高く飛び上がっていった。見えないところまで、ずっと。

＊＊＊

今回の一件の後始末をするから待ってて、と言い残し、スウェンは一人でどこかに消えた。

ランマはミラと一緒にパン屋の前で薔薇ジャムが塗られたパンを口に運んでいた。パン屋の周囲には花壇があり、パン屋はそこでバラを栽培していた。

「射堕天かぁ。思ってたより、ハードな仕事みたいだな。いろんな意味で」

『みら！』

「ビビッてはねぇよ。ただ反省しているだけだ。少しだけ、舐めていた。自分の命を懸ける覚悟はあったさ。でも、それだけじゃ足りなかった。一度の失敗で多くの人が苦しむ。俺以外の命を両肩に乗せる……その覚悟が足りなかったみたいだ」

『みみぃ？』

「〝今からでも入るのをやめないか〟って？　やめないさ。あの人の背中も、スウェンの背中も……かっこよかった。もう俺は、射堕天ってやつにどうしようもなく憧れている」
たとえそれが茨の道でも、
たとえそれが先の見えない道でも、憧れという松明《たいまつ》があればどこまでも行ける。

――ブオン！　ブオン！　ブオン！


「……なんだこの音」

聞きなれない音が辺りに響く。威圧的で、思わず背筋がビクッとなる、嫌な音だ。

「うおっ⁉」

突如、時速八十キロで目の前に現れたのは見慣れない乗り物に跨《また》がるスウェン。

「へい彼女！　後ろ乗ってく？」

「お、お前の乗ってるそれなんだ⁉」

「バイクだよ。異界都市の乗り物。カッコいいでしょ？」

ランマにカッコいいという感想はない。内にあるのは恐怖と好奇心。

二輪の乗り物すら初めて見るランマが、バイクを警戒するのは当然であった。素直に乗る気にはなれない。

手の甲でハンドルを叩いたり、タイヤを叩いたりして強度を確かめる。

「早く乗りなよ。ロンドンに行くんでしょ？　この先にある港町〈ブルー・ラグーン〉から船で数時間だ」

「……これに乗んなきゃダメか？」

「徒歩で行くより何十倍の速さで着くよ」

恐怖もあるが、好奇心も混在する。ランマは渋々、スウェンの後ろに乗った。

「しっかり摑まっててね。いっくよ～」

「ま、待て。少しずつスピードを上げろよ。ゆっくりでいいからな！」

「そーれ‼」

スウェンは思いっ切り爆速発進する。

「うおおおおおおおおおおおおおっっ⁉」

すでにバイクの時速は百二十キロを回っている。

「外の世界は制限速度がないから飛ばせていいね！」

「びびばけあるばぁ（いいわけあるかぁ）‼」

正面からの風圧でランマは言語能力を失った。

二人を乗せたバイクは平原を突っ切っていく。

第五章　ブルー・ラグーン

海の街〈ブルー・ラグーン〉。

海に隣接するこの街一番の特徴はロンドン行きの船があること。それだけの理由でこの街を訪れる人間は多く、ロンドンが現れてからずっと利益は上り調子である。

街も次第に広がり、面積は〈ラヴィアンローズ〉の四倍。海が近くにあるから魚料理が豊富だ。活気に満ち溢れた街である。

その〈ブルー・ラグーン〉の沿岸にバイクを停め、スウェンは背筋を伸ばしていた。

「ん〜！　気持ちいい！　爆走最高！」

その隣で、

「オエエエエエエエエェェェェェッ‼」

ランマは吐しゃ物を海へと流していた。

「なっさけないなぁ。あの程度のスピードで音を上げるなんて」

「……お前マジでいつか絶対ぶん殴るからな……オエエェッ‼」

時速百二十キロの爆走はランマの脳と胃をシェイクし、眩暈《めまい》と吐き気をプレゼントした。

「……あれ？　おいスウェン」

海の向こうから水しぶきを上げ、何かがこっちに向かっている。

ランマは水しぶきの上がっている場所を指さす。

「なんだアレ？　鮫か？」

「鮫だったら晩御飯にしたいね～。でも違うみたい」

よく目を凝らすと髪や服が見える。

人だ。女だ。女性がバタフライでこちらに向かって泳いできている。

女性は沿岸に近づくとバッシャーン！　と跳躍し、ランマとスウェンの背後に着地した。

「ようやく撒《ま》けましたわ！　まったくしつこい方たちですこと！」

ドレス姿の女性だ。黒髪と銀髪が交ざった長い髪で瞳も黒と白のオッドアイ。肌は白く、一切の濁りがない。

見た目年齢的にはランマやスウェンと同い年くらいだ。一見良いところのお嬢様と言ったところだ（水浸しでなければ）。

「あら？　スウェンさんではございませんか。例の堕天使の捜索は終わったのですか？」

「終わったよ。フランはなにをやってるんだい？」

「野蛮な男たちから逃げてましたの」

「どうせまた借金取りの人でしょ」

「そうとも言いますわね。まったく、数千万程度でとやかくうるさい方たちですわ」

「まさかと思うけど、ロンドンから泳いできたの？」

「ええ。逃げ場がなくて、やむなく海に飛び込みました。あと少しで体を売る羽目になってましたわ」

「……あっはは。相変わらずの生命力だね」

（スウェンの知り合い、か？）

フランと呼ばれた女性は自分の体をクンクンと嗅ぐ。

「なんか、臭いますわね。なぜでしょうか？」

「さぁ？」

「あ、多分さっき俺が吐いたからだな。ちょうど吐いた場所に泳いできたんでその匂いが……」

フランはランマを蹴り飛ばす。

「え？」

「なにしてくれてますの！」

「のわぁ⁉」

助けようと思った女の子が爆発して、

堕天使と戦って、

バイクで吐いて、

挙げ句海に落とされる。

散々な一日だな。とランマは海の中で涙を流した。

＊＊＊

「フランベル＝スリラー。僕が組んでるチームの一員で、見ての通り射堕天だ。散財癖があってよく借金取りに追い掛け回されてる。お金は貸さないようにね、戻ってこないから」

フランベルという女性はドレスの上に射堕天のシンボルである黒コートを着ている。

「よろしくお願いしますわ！　わたくしのことはフランと呼んでくださいまし」

「……よろしく」

ランマとフランはスウェンの骸炎で服を乾かす。

「それで、この方は何者ですか？」

「ランマ＝ヒグラシ君だよ。射堕天サークルに是非迎え入れたい人材なんだ」

「ミカヅキさんの許可がなくては入隊は難しいと思いますけれど」

「だよね～。どうやって連絡取ろうか」

「これからミカヅキさんと打ち合わせの予定がありますの。彼も連れてきたらどうです？」

「あ、ミカヅキさん来てるんだ。ちょうどいいや」

「……えーっと、すっかり置き去りなんだが、結局俺は射堕天サークルに入れるのか？」

スウェンはいつもの笑顔で、

「これから採用担当に会いに行く。その人次第かな」

ランマ、スウェン、フランベルは街の酒場に入る。

すでに夕暮れ時、酒場は漁帰りの漁師が多く、徐々に熱を上げている最中だ。

スウェンとフランベルが周囲を見回し、その採用担当とやらを探す。ランマはその人物の顔を知らないので射堕天の黒コートを探した。

「だーかーらーっ！　グリーンピースは抜けっつったろうが‼　俺はな、この豆粒を口に入れたら全身から汗が止まんなくなるんだよ！」

「だーかーらーっ！　ウチのチャーハンのグリーンピースは他の店のグリーンピースと違って美味いから大丈夫だって言ってんじゃないのさ！」

　一人の男性が料理長らしきオバちゃんと揉めている。

「関係ねぇんだよ！　どんなコックが調理しようが嫌いなモンは嫌いなんだよ！　好き嫌いのない奴にはわからねぇんだよ！　どんだけ新鮮だろうがどんだけ味付けを工夫しようが、俺の舌はグリーンピースを認識するし受け付けないんだよ！　風邪で味覚なくなった時でもグリーンピースだけは味がしたんだよ‼」

「あー、もうわかったよ！　グリーンピースを取り除けばいいんでしょ！」

「駄目だ。グリーンピースが接触していた米粒も受け付けん。取り替えてくれ」

「アンタねぇ……！」

　言い争っている男は、射堕天のコートを着ていた。

（なんか、この声……どっかで聞いたような）

　男は黒髪でサングラスをかけている。見た目年齢は20代半ばほどだ。

　姿に覚えはない。けれど、声に覚えがある。

「下げなくて大丈夫です。そのグリーンピースチャーハンは僕らが食べるので」

スウェンが喧嘩している二人の間に入った。

「あ？　スウェンじゃねぇか。お前がここにいるってことは、例の堕天使は片付いたってわけだ」

「はい。そこの彼が片付けてくれました」

スウェンは親指でランマを指さす。

サングラス越しに、男は鋭い瞳でランマを見る。

「へぇ。まぁ座れよ。詳しく聞かせてもらおうじゃねぇか」

ランマたちはサングラスの男と同じテーブルにつき、先日の堕天使との戦いについて話した。

「第三階位を一人で？　やるねぇ。それなら十分射堕天の資格がありゃ」

サングラスの男はグリーンピース抜きのチャーハンを食べ、厨房へ顔を向ける。

「おいクソババァ！　チャーハンうめぇぞコラ‼」

「ありがとよクソガキ！」

荒っぽいけど悪い人間ではなさそうだな、とランマは目の前の男を評価する。

「スウェンもボソっと言ってたけど、第三階位？　ってなんすか」

「おいおいおいマジか。射堕天なろうっつーのにそんなことも知らねぇのかよ」

「堕天使が９９９９体いるのは知ってるよね？」

スウェンが聞く。

「ああ」

「その堕天使には強い順に1～9999までの順位が振られているんだ。1～9位を第一階位、10～99位を第二階位、100～999位を第三階位、1000～9999位を第四階位って言うんだよ」

「そういや、あのバーテンダー堕天使、手の甲に998って書いてあったな。アレがもしかして」

「そう。彼の順位だ。堕天使はみんな、体のどこかに自らの順位を刻んでいる」

ランマが戦った堕天使は998番、だから第三階位。

ランマは故郷を襲った堕天使のことを思い出す。あの堕天使の頬には889と刻まれていた。

（あの堕天使は889位、アレも第三階位か）

「一桁は第一階位、二桁は第二階位という風に覚えればよろしいかと」

チャーハンを口いっぱいに含んだフランベルが補足した。

「第三階位を倒せれば能力としては申し分ねぇ。だがお前の入隊は認められない」

「理由は？」

「推薦者がスウェンだからだ。俺はこいつの戦闘力は信用しているが、他の部分は一切信用していない」

「あっはは～、酷いなあ、ミカヅキさん」

「待ってください！　他にも推薦者はいます！　俺の学校の校長が……あ」

ランマは思い出す。アルヴィス校長の推薦状がスウェンに破かれてしまったことを。

「？　どうした？」

「推薦状があったんですけど、おたくの仲間に破かれまして」

ランマはスウェンに視線を送る。ミカヅキはスウェンを睨む。

「お前ェ……」

「反省はしてます」

と言いつつ、特に悪びれた様子がないスウェンであった。

最悪一度〈カーディナル〉に戻って改めて推薦状をもらうしかないか。とランマが考えていると、

「安心しろ。チャンスはくれてやる。ウチのモンの不手際だしな。つか、グッドタイミングだったな。ちょうど明日は射堕天選抜試験の日だ」

「選抜試験？」

「射堕天志望の人間を集めて試験をするんだ。今年は僕らのチームが担当でね」

「やっぱそういうのあんのか。チームってのはこの三人のことか？」

「うん。僕らはミカヅキさんがリーダーのミカヅキ班なんだ。射堕天は基本二～四人で動くんだよ」

「じゃあなんでお前、この前は一人で行動してたんだ？」

「わたくしたちの任務は二つあって、片方が選抜試験の実施、もう片方が貴方たちが倒した998位の堕天使の討伐だったのです。しかし堕天使の方が予定の日までに片付かなくて、仕方なく

スウェンさんお一人に堕天使を任せてわたくしとミカヅキさんは試験の準備に回ったのです」

「テメェは借金取りと追いかけっこしてただけだろうが！　ほとんど準備は俺一人でやったんだ！」

「これからは手伝いますわ」

「当たり前だ！」

ランマはずっと頭の中にあった違和感の答えを見つける。

「もしかして、ミカヅキさん〈カーディナル〉に来ました？」

「ああ、行ったぞ。一か月ぐらい前だったっけな。あそこの調査が終わった次の日にスウェンとは別行動になったんだ」

（あの路地裏でスウェンを呼んでいた声、やっぱりこの人か）

「話戻すけどよ、明日の選抜試験にお前も参加するだろ？」

「します」

「りょーかいだ。これで今年の受験者は五十九人か。多いねぇ」

「試験は明日の朝ですわ。場所はこの街の近くにある地下大空洞でやります」

「内容は明日説明する。これはどの受験者も同じだ。お前に一つ言えるのは……この試験は甘くないってことだ。俺らはこの試験で三人採用できれば上出来だと思ってる」

（五十九人中三人、たしかに狭き門だ）

だからと言ってビビるランマじゃない。

（そうでなくっちゃな……！　あの人の隣に立つためには、それぐらいの難関を越えられなきゃダメだ！）

ランマは笑う。その笑みを見て、スウェンも微笑んだ。

それからランマは詳しい試験の時間、実施場所を教えてもらい、夕食をご馳走になった後近くの宿に泊まった。

夜は過ぎ、試験当日。

第六章　選抜試験

〈レッドラグーン大空洞〉

赤い地表の山々が囲む場所に幅約三百メートル、深さ約五十メートルの巨大な縦穴がある。この大穴と大穴の中にある無数の洞窟をまとめて〈レッドラグーン大空洞〉と呼ぶ。

ランマたち受験生はその大穴のすぐ傍に集められた。

受験生の前にはスウェン、ミカヅキ、フランベルがいる。

「見ろよ、スウェン＝バグマンだ。１００を超える第四階位の堕天使を単騎で皆殺しにしたらしいぜ。今ルーキーの中で一番期待されているバケモンだ」

「うお！　めっちゃ可愛い子いるじゃん！　おれ、あの子と同じ師団に入りてぇな～！」

「あのサングラスの人、ずっと額の血管浮いててこっわぁ～」

「でもでも、よく見ると結構美形じゃない？　私タイプかも……」

試験の不安に駆られる者、スウェンたち射堕天の精鋭を前に浮かれる者、目の前の大穴に圧倒される者。皆いろいろだが、どうも落ち着きのない雰囲気だ。

一方、ランマも冷静じゃなかった。昨日は絶対に合格すると息巻いていたものの、いざ本番を前にすると体が小刻みに震え出した。

（くそ……！）

ランマは手元でコインを遊ばせる。

手の甲でコインを回したり、連続コイントスをかましたりと、無駄な技術を次々に披露していく。ランマ式リラックス法である。

（どいつもこいつも魔力量や体格がアカデミーの連中と段違いだ。ぱっと見で強いとわかる。多分、みんな最低でもエディックより強い……ここまでのレベルだとは思わなかった）

ランマはふーっと息を吐き、精悍な顔つきになる。

（先にスウェンや堕天使と会っておいて良かったぜ。アイツらほどの威圧感はない。今の俺とミラなら、十二分に戦えるはずだ……！）

ランマは体の震えを止めると、コインを手の内に収めた。

「あり？　もしかしておたく、マジシャン《同業者》？」

ランマに話しかけてきたのは赤い髪の男。

「そんだけのコインテク、マジシャン以外ねぇよな」

男は、特徴的な格好をしていた。

タキシードに黒マント。顔に化粧を施しており、頭にはうさ耳バンドを付けている。

身長はランマ（172センチ）より10センチほど高く、足が長い。

「いいや、俺はマジシャンじゃないよ」

「そうか。よかったぜ、キャラ被りするところだった」

男がパチン、と指を鳴らすと、上からリンゴが降ってきて男の手元に落ちた。

「おぉ！　すっげぇ！」

男は得意げな顔でリンゴを齧《かじ》る。

「アンタ、マジシャンなのか」

「そういうこと。ウノ＝トランプだ。よろしく」

「ランマ＝ヒグラシだ。よろしくな」

ウノはランマの肩を抱き、耳に唇を寄せ、

「……ところでおたく、昨日の夜、あの試験官たちと一緒に酒場にいたよな。もしかして試験内容とか聞いちゃってない？」

「……聞いてないよ。俺がアイツらと一緒にいたところを見たってことは、お前もあの酒場にいたのか？」

「おう。まぁな」

おかしい。とランマは思う。

こんな特徴的な格好をした人間がいれば目に付くはずだ。だけどランマはこの男を酒場で見た記憶がない。今日とは違う格好をしていたとしても、この真っ赤な髪は否応もなく目立つだろう。

「なんにせよ、あの人らに目を掛けられてるってことはかなり有望株ってことだろう？　おたくと仲良くして損はなさそうだ。一緒にがんばろーぜ、ランマちゃん♪」

「ちゃん付けはやめてくれ」

「気が向いたらな」

試験監督のミカヅキが手を叩き、受験生の意識を自分に集中させる。

「静かにしろ。そろそろ試験を始める。まず全員、周囲の人間から一メートル以上距離を取れ」

(準備運動でもすんのか？)

とりあえず、言われた通り距離をあける受験生たち。

「じゃ、まずは試験の説明を始める。フランベル、召喚獣を展開しろ」

「了解ですわ」

フランベルは召喚陣を地面に展開する。しかしその数は一つではなく、一挙に十個ほど。一つ一つの大きさはバラバラで、3メートル、2メートルサイズのものもあれば1メートル以下のものもある。

フランベルは腰に掛けたポーチから大量のサモンコインを取り出し、召喚陣に投げ入れていく。

包帯まみれの人間、包帯まみれの狼、包帯まみれの鳥などが召喚陣から現れる。全員肌がただれていて、しかも生ごみのような臭いを発している。

「一挙召喚！　〝ゾンビパーティ〟‼　わたくしの限界七十八体です！」

ランマは素直にフランベルの技量に感動していた。

(召喚陣の多数展開に召喚獣の多数維持！　これだけの数を同時に展開し維持するのは相当の技術と魔力が要る。す、すげーなアイツ……)

気になるのは、このゾンビを使ってなにをするかだ。

「試験の内容は簡単。今からこのゾンビ共を大空洞に放つ。お前らはそれを追い、ゾンビを倒してそのサモンコインを回収しろ。二時間以内に七枚以上のサモンコインを持ってここへ戻ってくれば合格だ」

「一つ質問いっすか？」

説明に口を挟んだのはウノ。

「他の奴が持ってるサモンコインを奪ってもいいんですかね？」

「構わん。好きにしろ。ただし大空洞外では一切の戦闘行為を禁ずる。当然、この場での戦闘も禁止だ。たとえ七枚以上サモンコインを持っていても、二時間以内にここへ戻らなければその時点で失格とする。時間が来たら笛で合図する。以上、なにか質問はあるか？」

一人の気弱そうな受験生が手を上げる。

「あの～、これからこの穴に入るんですよね？」

「そうだ」

「……階段とか見当たらないんですけど……」

「ああ、階段はない。各々機転を利かして下りろ。壁伝いに下りてもいいし、召喚獣の背に乗って下りたり、結界を足場にして下りたりしてもいい。もちろん、飛び下りてもいいぞ」

ミカヅキが言うと同時に、ゾンビたちが一斉に穴へと飛び込んだ。着地した音がだいぶ遠くから聞こえる。

「先に言っておくが試験中に死んでもこっちは一切責任を取らない。それでもやるという奴だけ残れ」

ミカヅキは十秒待つ。

冷や汗はかいても、この場を離れようとする者はいなかった。

「オッケーだ。あ、ちなみに言い忘れていたけど、今説明したのは二次試験の内容な」

「「「は？」」」

「一次試験はこれだ」

ミカヅキが手を前に出す。すると受験者全員が直方体の薄緑色の結界に囲まれた。

一人一個ずつ結界が張られている。結界の高さはそれぞれの受験生の身長＋5センチほど。幅は腕を横に伸ばせないほど狭い。

「この結界から出ることが一次試験！　そんで出た奴から二次試験に移れ！」

ミカヅキが砂時計型の結界を作る。

スウェンが砂の入った袋を開いて砂を結界の中に入れ、パチンと手拍子を打つ。

「タイマースタート！　この砂が落ちきったらちょうど二時間だ。さ！　みんな頑張ってね」

試験が始まる。

周りが動揺し、騒いでいる中、ウノは冷静だった。

「いやぁ、すげぇな。あの人」

陽気な声でウノは言う。

「結界を同時に五十九個も展開して、これだけの強度」

ウノは自身を囲う結界を手の甲でコンコンと叩く。

「しかもご丁寧に1センチサイズの空気穴をいくつも空けている」

ランマは結界を見回す。

ウノの言う通り、合計16個ほどの穴が空いていた。つまり、呼吸は問題ないし、声も外に出る。完全な密室ではない。

「おまけにあんな砂時計の形をした結界が作れるなんてな。結界の基本形は立方体。球型や三角錐は見たことあるが、あそこまで形を自由に弄《いじ》れる奴は初めて見た。同じ結界士として尊敬するね」

「って、感心してる場合か？　その凄い結界士に閉じ込められちまってるんだぞ」

「どんな状況でも余裕は大事だぜ、ランマちゃん」

パキン！　と、ガラスが割れたような音が響き渡る。

ランマは何かと思い、音の方を向く。

銀髪の少女、純白のノースリーブの服に黒いミニスカートを着た少女が、結界を蹴り破っていた。

召喚獣の姿はない。転生術を使った様子もない。身体強化魔法と純粋な身体能力で結界を破ったのだ。

受験生たちは彼女に注目する。

「すげぇ、どうやって破ったんだ？」

「私、見てたけど、あの子召喚術も転生術も結界術も……なにも使ってなかったよ」

「マジかよ⁉　基礎魔法で破ったのか……」

「レベルちげぇな……」

少女は皆が注目する中、ミカヅキの下へ歩み寄って質問する。

「一つ、質問があります」

「はい、なんでしょうか」

「別に私がすべてのゾンビを倒して、そのサモンコインをすべて持ち帰ってもいいんですよね？」

「おう。全然問題ねぇぞ」

「よかった。……この程度の結界に苦戦する足手まといは同期にいりません。私がすべてのサモンコインを独占してみせましょう」

そう言って銀髪の少女は大穴に飛び下りた。

少女の発言を皮切りに、受験者の焦りが加速する。

「うおおおっ！　やべぇぞあの女！　一人で七十八枚集める気だ！」

「急げ！　これじゃ合格者アイツだけになっちまうぞ！」

喚《わめ》く受験者たち。

ランマは冷静に自身を取り囲む結界を見る。

（うし。俺も自己強化《ブースト》魔法で……）

ランマは自身の体を強化し、結界を殴る。すると結界にヒビが入った。

「なんだ、これならちょい力溜めればいけるな……」

「転生術、〝ウルフマン〟」

目の前にいる受験生が狼男に変貌し、結界を破る。

他にも転生士が次々と結界を破っていく。

「おうおう。やっぱ転生士向きだな、この一次試験」

ウノは能天気に言う。

先に行った少女も含め、すでに十人ぐらいが脱出した。

「よっと！」

隣のウノの結界がパリン！　と粉々に飛び散った。破片は外に向かって飛んで行く。

「は⁉　お前、今なにやった⁉」

ウノはポケットに手を入れ、直立不動の状態で結界を破った。

結界に触れずに結界を破ったのだ。

「なーに、俺の結界で内側からあの人の結界を破ったまでだ」

ミカヅキの結界内にウノは結界を発生させ、その結界を広げ、その広がる力で結界を破壊したのだ。

ウノは手を振りながら大穴に向かう。

「早くしろよランマちゃん。ダラダラしてると、取り返しのつかないことになるぜ」

ウノはそう言い残し、大穴に飛び込んでいった。

結界士なら結界を足場に下りていくんだろうな、とランマは推測する。

「取り返しのつかないこと？　どういう――」

ランマは気づく。結界に入れたヒビが消えていることに。

「ヒビが消えてる。自動修復機能でもついてるのか……」

ランマは体を強化し、結界を殴る。だが今度はピクリともしない。

「どういうことだ？」

「結界ってのは多く展開するほど脆《もろ》くなる」

ミカヅキはそう言って笑う。

「逆に、数が少なければその分強度は増す。つまり、だ。誰かが脱出する度、結界の強度はどんどん上がっていく」

ランマはもう一度結界を殴る。

やはり、渾身の力を込めてもヒビ一つ入らない。

（これは……もう殴って壊せる強度じゃねぇ！）

「すでに11人が脱出したか。結界の強度は最初に比べて、二倍ぐらいになってるかね」

これがウノが言っていた取り返しのつかないこと。受験生たちの顔に絶望の色が浮かぶ。

「不公平だ!!」

一人の受験生が声を上げた。

「あぁん？　なにがだ？」

「これ、明らかに召喚士が不利だろ！　こんなスペースじゃ召喚陣を展開できない！　なんとか召喚獣を出せても、結界の中で召喚獣に押しつぶされて死んじまう！　転生士はこのスペースでも十分に転生術を使えるし、結界士もやりようがある。俺たち召喚士だけ脱出のしようがない‼　こんなの不公平だろ‼」

たしかに、とランマは思う。

現時点で脱出に成功しているのは転生士と結界士のみ。召喚士は未だ脱出者ゼロだ。最初に出て行った女子が召喚士でなければの話だが。

「ぶっちゃけると、今俺たちが欲しいのは結界士と転生士でな、召喚士はいらねぇんだ。相当優秀でない限りな。だから召喚士には厳しめの試験にさせてもらった」

「なんだよそれ、ふざけんな！　俺は本気で射堕天になりたいんだ！　恋人を堕天使に殺された！　その復讐のためにな！　こんなインチキ試験やってらんねぇっての！」

「別に召喚士は絶対脱出不可能ってわけじゃない。抜け道はいくつもある。最初脱出した女みてぇに基礎魔法でごり押ししてもいいしな。あんな芸当、できる奴は限られてるだろうけど。それにここさえ突破すれば二次試験は召喚士の方が有利だぜ。探索能力は召喚士が一番上だからな」

「二次試験の有利なんか知ったことか。ここを突破できなきゃ意味ねぇ！　納得いかねぇ‼」

駄々をこねる受験生をミカヅキは睨みつける。

受験生はその鋭い瞳を前に思わず息を呑む。

「……お前、名前はプーマだったな。お前の手持ちの悪魔の中にはバイコーン……二角獣がいるな」

「そ、それがどうした」

「結界内に召喚陣を展開して、そっから頭だけ出させる。そうすりゃ、結界に角で穴を空けられただろ。ま、最初の結界の強度ならの話だけどな」

「……⁉」

「他の奴らも同様に突破口はあった。この一次試験は最初の結界の強度なら誰にでも突破できるよう調整してあったんだ。なのにお前らは様子を見てモタモタとした。論外だな。この一次試験で問うたのは思考の瞬発力！　危機に瀕した時、如何に素早く思考を巡らせ打開策を実行できるか！　特に召喚士はこの能力が求められる！　テメェらは全員、落第なんだよ！」

ミカヅキの迫力に、受験生たちは何も言えず沈黙する。

「召喚士はここで全員リタイア、ですわね」

フランベルが呆れたように言う。

召喚士に諦めムードが漂い、ミカヅキが「情けねぇ」とため息をついた時、

「いいや。まだ一人、余裕のある子がいるよ」

スウェンは一人、ある少年に目を向けて言った。

その少年はコイントスし、手に落ちたコインに語り掛ける。

「――コウリュウ《7番》」

通常、このスペースでは悪魔を召喚できない。

ただし――例外はいる。例えば、3センチの召喚陣から悪魔を召喚する召喚士とか。

この結界内で召喚陣を出すのは厳しいだろう。普通の召喚陣ならば。

この結界内で召喚獣を出すのは難しいだろう。普通の召喚獣ならば。

3センチの召喚陣から2.8センチの召喚獣を出すのは容易である。

ランマはコインを天界礼装コウリュウに変化させ、結界を斬り刻む。

「あ……？」

ランマが結界を斬り裂いた時、ミカヅキはランマを見た。

ミカヅキとフランベルは簡単に斬り裂かれた結界を見て、まず目を見開いた。そしてランマの持つ剣、それに天使の紋章があるのを見て、背筋に緊張を走らせた。ただスウェンは二人の驚く様を楽し気に見守っていた。

「〝天界礼装⁉〟」

瞬間、ランマの腕に手錠型の結界、足に足枷型の結界、首に首輪の形をした座標固定型結界が取り付けられ、さらに立方体の結界が周囲を囲んだ。

「うお⁉　なんだこりゃ！」

「〝四肢括履《ししくくり》〟！」

〝四肢括履〟は手足首に結界の拘束具を付け動きを制限する術。ミカヅキの技術の高さが為せる高等結界術。

（駄目だ！　首の結界が固定されてて動けねぇ！）

「フラン‼」

ミカヅキの背後からフランベルが飛び出し、フランベルは自らの両手を合わせる。

フランベルの背後に5メートルほどの召喚陣が生まれる。フランベルは背後の召喚陣にサモンコインを投げ入れた。

「〝腐乱王《ふらんおう》・右腕《うわん》〟‼」

召喚陣から腐った巨人の右腕が出て、ランマを潰そうとする。

〝腐乱王・右腕〟はゾンビの王、腐乱王の右腕を召喚し、相手を叩き潰す技だ。

体を拘束されたランマは防御することも逃げることも叶わず、ただ腐乱王の右腕を見上げることしかできない。

簡単に言うと、絶体絶命である。

「おいおいおいおいおいおいおい⁉」

『みらぁ！！？』

「……〝骸炎〟」

黒い炎が視界を飛び交った。

ランマを束縛する結界、さらに腐乱王の右腕を、黒い炎――骸炎が振り払った。

スウェンはランマの前に立つ。

「まぁまぁ、お二人とも落ち着いて」

「スウェン！　コイツはどういうことだ⁉　なんで堕天使をここに連れてきた⁉」

「スウェンさん、ご説明を！」

「彼は人間ですよ。ランマ君、血を見せてくれる？」

「ん？　あ、ああ。そういうことか」

ランマはコウリュウで左手の甲に傷をつけ、赤い血を見せる。

「ほら。血が流れてるでしょう？」

「……第二階位以上の堕天使はカモフラで血を蓄えてる奴もいる」

ランマはミラを宝箱の形に変える。

それを見て、ようやくミカヅキの顔から警戒の色が抜けていった。

「ミミック……だと⁉」

「堕天使ってのは悪魔と契約できないんだろ？　これが俺が人間である証拠だ」

「今の天界礼装はミミックが化けた姿……ということですか？」

「そうだよ。ミミックに天界礼装を喰わせて擬態させているんだ。凄いよね、彼」

ミカヅキはスウェンの胸倉を摑み上げる。

「てめ、ごらスウェン！　なんでそういう大事なことを言わねぇんだてめぇは……！」

「え？　だって聞かれなかったし」

「『コイツ天界礼装使える？』なんて聞くわけねぇだろ！」

「えーっと、そろそろ行ってもいいか？　試験が終わったら詳しく説明するからさ」

ランマが聞くと、フランベルはやれやれといった顔で、

「どうぞ。貴方についてはこのお馬鹿さんに聞いておきます」

「頑張ってねー、ランマ君」

「じゃ、失礼して」

ランマは大穴を見下ろす。……地面は見えない。ここから飛び下りて無事に済む可能性はゼロ。

ランマの選択肢は一つだけだ。崖を伝って下りること。

(岩肌は凹凸《おうとつ》があって摑みやすい。これならいけるな)

ランマはミラをコインに擬態させ、ポケットにしまう。崖に手を掛け、焦らず、かといってゆっくりはせず、下っていく。

岸壁の高さは五十メートル、その半分ほど進んだ時だった。

「あ」

ランマは手を滑らせた。仰向けになり落下を始める。

「うわあああああっ!!?」

——やべぇやべぇやべぇ。

(落ち着け!　強化魔法で体を固めれば致命傷は避けられる‼)

体内の魔法陣を使い、強化魔法を自身に掛ける(召喚陣・結界陣・転生陣・鑑定陣すべて、体内にある時は純正魔法陣となり、この魔法陣を使うことで体内魔法を発動できる)。

頭を両腕で抱えてダメージを受けないようにする。これが今ランマにできる精一杯。

あと数メートルで地面にぶつかる——と思ったら、ランマの背中をベッドのような感触が受け止めた。

（えーーー）

後ろを見ると、薄緑の結界がグニャーとひしゃげ、自分を受け止めている。それからポヨンと、反動で体が飛び跳ねる。結界は消え、ランマは地面に「どわっ⁉」と落下する。落ちたのは三メートルぐらいの高さなのでほぼノーダメージだ。

「おせーぞランマちゃん。待ちくたびれたぜ」

ウサギ耳の赤毛男があぐらをかいて眠そうにしていた。

「ウノ⁉　お前が結界で受け止めてくれたのか⁉」

「そうだよ。結界の性質をちょちょいと変えてな」

「……借りができたな」

「じゃあ今すぐその借り返せ」

ウノはランマを指さし、

「協力戦線と行こうぜ、ランマちゃん」

第七章　マジシャンとメイド

結界陣は基本正方形で、術者にしかその姿は視認できない。結界士は結界陣を自在に動かすことが可能であり、地面に設置したり、空中に置いたりもできる。結界陣を動かせる範囲は術者の技量に依《よ》る。

結界陣に魔力を込めるとその正方形を基点に立方体の箱、つまり結界を生成する。熟練者になると結界陣の形を変え、結界の形もそれに応じて変えることができるようになる。

結界の基本的な役割は盾であり、攻撃などに応用もできるが召喚士や転生士の攻撃力には劣る。一方で防御力は他の追随を許さない。一パーティに一人は結界士を入れるべきと言われるほど、結界士はサポート能力に長《た》けている。逆に言えば、

「単品で戦える結界士は少ない。基本サポート職だからな。こういう試験だと誰かの手助けがなきゃきついっつーわけよ」

「借りがあるから組むのはいいけどよ、二人だとサモンコインが十四枚も必要だぞ。このだだっ広い空間からゾンビを十四体も探し出して倒すのは現実的じゃねぇな」

「俺の結界をうまく使えばやりようはあると思うぜ」

ウノはポケットから出したトランプの束を上に向けて投げる。

トランプは散らばり、宙を舞う。

「〝タネも仕掛けもある箱《インビジブルボックス》〟」

ウノが指を鳴らすと、トランプがすべて消えてなくなった。

「トランプが消えた⁉」

ウノはトランプに触れていない。なのに忽然《こつぜん》と、一瞬でトランプは消え去った。

「さっきまでトランプがあった辺りを触ってみ」

言われるまま、ランマは手を伸ばす。

コツン、と硬い物体に触れた。なにもない空間なのに、ガラスのような感触がある。ここに、見えない壁がある。

「結界にも結界士ごとに個性があってな。俺の結界は結界自身と結界で囲んだ任意の物体を透過させる。さっきお前を受け止めた結界みたいに普通の結界も出せるけどな」

再びウノが指を鳴らすと、薄緑色の立方体が目の前に現れた。

結界だ。結界の底にはトランプが溜まっている。

ウノは結界を消し、トランプを空中ですべてキャッチする。その手技も見事であった。

「……なるほどな。それを使えばいくらでもマジックを作れるな」

「おっしゃる通りさ。〝タネも仕掛けもある箱《インビジブルボックス》〟にハト入れといて、機を見て出すだけで観客は大盛り上がり。マジシャンに最適な結界だよ」

ランマに見せた何もない空間からリンゴを出すマジックもこの結界を応用したものだ。

確かにこれは利用価値がある、とランマは笑う。

「とは言え、強度は並だし、さっきの試験官ほど結界を上手く使うこともできない。攻撃力なんて皆無さ。できることといえば結界に隠れて不意打ちするぐらいだけどよ、転生士や召喚士を不意打ちで倒せるかって聞かれると微妙だ。不意打ちに失敗して一騎打ちになりゃまず勝てないしな」

「そんじゃ、俺がその不意打ち役をやればいいわけだ」

「そういうこと。話が早くて助かる。どうせ全員最後にはここに戻ってくるんだ。ここに結界を作って隠れて、サモンコインを集めてきたカモネギをおたくが不意打ちで沈める。それで終わり。簡単だろ？」

「オッケー。乗った」

「お？　意外だね。おたく、見るからに正義感強そうだから不意打ちみたいな卑怯なやり方は嫌がると思った」

「不意打ちは俺の中じゃ卑怯のカテゴリーに入らない。立派な戦術の一つだ、それに」

　ランマは目を細める。

「俺が断ったらお前は別の誰かと組むだろ？　俺がもしサモンコインを集めて帰ってきたら俺はお前とその誰かを相手にしなくちゃならない」

「それが怖いなら今、俺をノックアウトすりゃいいだろ」

「その結界をうまく使えば俺から逃げるのは容易だろうよ。俺を結界に閉じ込めて、その間に俺の視界外に逃走。後は〝タネも仕掛けもある箱《インビジブルボックス》〟で隠れれば終わり。時間を掛けりゃ詰められるかもしれないが、お前とかくれんぼしている間にゾンビを探索する時間がなくなる。お前と組まない選択肢はないってわけだ」

「ふぅん。いいね、おたく。単細胞だと思っていたが……意外に頭の回転が速い。改めてよろしく頼むぜ、ランマちゃん」

二人の利害は一致した。

立方体の結界を一つ作り、二人で中に入る。

「内側からなら結界も見えるし、結界の中のものも見えるのか」

「そうだよ。あくまで消えて見えるのは結界の外から見た場合のみだ」

「中の音は外に聞こえるのか？」

「あんまり大きい声出すと聞こえるな。外の音も大きい音以外は聞こえない。匂いは外には漏れないぞ。思う存分屁こいてくれて構わない」

「構うだろ！　外に匂いがいかないってことはこの中にこもるってことじゃねぇか！」

「だっはっは！　まぁな」

やれやれと呟き、ランマはミラを槍に変える。

槍の柄でぶん殴って相手を気絶させる算段だ。後はサモンコインを集めた他の受験生を待つのみ。

＊＊＊

一時間が経った。

だが誰も戻ってこなかった。

小さく欠伸《あくび》をした後、ランマが口を開く。

「……俺たちより前に十人ぐらいいたよな。一時間もありゃ誰かしら帰ってくるもんだよな」

「あっれれ～？　なーんか、計算外のことが起きてるっぽいな」

ガガガガガ‼　という音が洞窟の奥から聞こえてくる。

「さっきからたまにこの音鳴るよな。ウノ、お前これが何の音かわかるか？」

「うーん、たぶん銃声じゃねぇかな」

「じゅうせい？」

「異界都市の産物で銃っていう武器があってな、その武器を起動させた時の音がこれに似てる」

「銃か。本で見たことあるぞ。人差し指でスイッチ押して、小粒の鉄の塊を発射するやつだよな」

「それで合ってるよ。まさか銃を持ち込んだ奴がいるのか？　武器の持ち込みに制限はなかったから持ち込んでも問題はないだろうが、銃を手に入れるのは相当難しいぞ」

「そうなのか？」

「異界都市の産物は基本オーバーテクノロジーだから量産ラインを作るのが難しい。銃はその筆頭だな。魔法より実用的なレベルの銃を作れる技師は世界で十人に満たないって聞くぜ」

「へぇ。詳しいな」

「異界都市関連の話は好きなんだよ」

大空洞の岸壁には無数の洞窟がある。受験者たちはゾンビたちを追って洞窟に入っていった。しかし誰も帰ってこない。

……なにかある。

ランマは指を二本立て、

「どうする？　この結界から出て洞窟に入るか、まだここで粘るか」

ウノは腕を組み、

「一番やべぇのは誰もサモンコインを集められず、俺たちはここで待ちぼうけして終了ってパターンだな」

「……その可能性を考えてなかった。やべぇな、でも今から探しに行くのもな……」

「ん？　待った。誰か来たぞ」

洞窟の奥から現れたのは銀髪の少女だ。

(アイツは……最初に出て行った奴だな)

結界を蹴破り、一次試験を突破した少女だ。

ランマとウノはアイコンタクトし、無言で動き出す。

女子の進行方向に結界はある。このままじゃ女子と結界がぶつかる。ウノは結界を横に伸ばした。

「……早くそっちに寄ってくれ！　形状変化は得意じゃねぇんだ！」

ランマとウノは結界の伸びた部分に移動する。移動を終えた後、ウノは結界を縮め、結界が女子とぶつからないよう調整する。

女子が結界の側を通り抜ける。ランマは槍を構える。

「……女子《バニーちゃん》だからって手加減するなよ」

「……なんだよバニーちゃんって」

「……可愛い女の子のこと」

「……性別は関係ない。俺が知ってる中で一番強いのは女だからな。加減はしないさ」

ウノが結界を消す。

ランマは同時に飛び出し、女子の背中目掛けて槍の柄で殴り掛かる。だがさすがにその華奢な背中に槍を振るうのは心が痛んだのか、ランマの手が一瞬だけ止まった。その隙に女子は身を屈め、ランマの不意打ちを躱した。

（躱された!?）

女子の足元に星形の魔法陣が展開される。

「甘い人……」

（転生陣……!?）

「影で丸わかりですよ」

ランマは彼女の足元を見る。

少女の足元にはランマの影が映っていた。

「転生術――〝銃装冥土《ガンズメイド》〟」

転生術を発動した瞬間、女子の服装が白のメイド服へと変わった。

同時に、女子の後ろ髪の一本一本が――小さな銃口に変わったのだ。銃口から一斉に弾丸が発射される。

危険を察知したランマは両腕で顔面のガードを固めた。ランマの両腕に無数の鉄の塊《弾丸》が食い込む。

「いでででででっ⁉」

尖った小石を投げつけられているような感覚。

肌は裂かれるが筋肉を貫通するほどの威力はない。しかし数が多すぎる。ランマは弾丸の嵐から逃れるため後ろへ飛び退く。

女子はゆっくりとランマの方を振り向いた。

「おうおうおう！　男の癖にずいぶんせこい真似すんじゃねぇか！　――この粗チン野郎が‼」

女子の瞳の色が青から赤に変わっている。顔立ちは変わらないものの、以前のおしとやかな雰囲気が一変して荒々しくなっている。

「あれ？　お前、そんなキャラだったたっけ？」

「転生術を使うと何つーの？　ハイになっちまうんだよなぁ！　どいつもこいつも撃ち殺したくなる……‼」

女子の両手の指がすべて、銃口に変わった。

「アレはヤバそうだ……！　ウノ！　結界で守りを！　――っていねーしアイツ！」

ランマが横を見ると、ウノの姿はなかった。

「あんにゃろ、隠れやがったなぁ！！？」

「くらいな！」

「ちっ！　――鋼盾《4番》！」

ミラを盾に変化させ、女子の指から放たれた弾丸を防ぐ。

「オラオラオラ！　反撃しねぇならこのまま削り殺すぞ！」

（くっそ！　威力がさっきと段違いだ！　踏ん張るので精一杯！　前に出れねぇ！）

「硬いなクソが！　めんどくせぇ……な‼」

女子は舌を出し、その舌を銃口に変えた。

「はんはのん（タン・キャノン）‼」

ドガン！　と銃口から小型の大砲の弾が出る。

「ぬっ――ぐ⁉」

ランマは盾で大砲の弾を受けるが、弾は盾にぶつかると炸裂し巨大な衝撃波を生み出した。

ランマは盾ごと弾き飛ばされる。盾は大きく凹み、ランマも地面に背中を打つ。

「転生術〝銃装冥土《ガンズメイド》〟で生まれ変わった俺は！　体中のあらゆる部位を銃に変化させることができる！　髪も指も舌も乳首すらもなぁ‼」

結界を蹴破る基礎能力の高さ。

それに加え遠・中距離に強い転生術。

（この女……つえぇ……！）

まさに隙のない能力だ。

「他の受験者と同様……取るに足りねぇ。おっと、逃げようと考えるなよ。俺様から逃げたら試験は不合格確定だぜ？」

「どういう意味だ？」

「78枚のサモンコインはすべて、俺様が持っている」

「なんだと……！」

「俺様を倒さなくちゃ合格の道はねぇってことだ」

女子はリュックを背負っている。恐らく、その中にサモンコインがあるのだろうとランマは推測する。

（コイツの実力的に不可能じゃない。それに、ここまで受験生が誰も戻ってこなかったのも、コイツがサモンコインを独占したと考えれば納得できる）

ランマの内に残る疑問は、あと一つだけだ。

「ひとつ聞きてぇ」

「なんだよ」

「全身を銃にする能力、それはわかった。だがなぜ――メイド服なんだ？」

「あぁん？　ひょっとしてお前、田舎者だな。いいだろう、教えてやる」

女子は腰に手を置き、胸を張る。

「メイドと言えば銃！　銃と言えばメイド！　都会じゃ常識だ」

（そ、そうなのか！）

違います。

「お喋りはこの辺で終わりでいいだろ。殺すぜ、ニット帽」

「そう簡単にやられるわけにもいかないんでな。こっちも本気でいかせてもらうぞ」

ランマは盾となったミラを握りしめる。

「コウ[7]――」

「！！？」

ミラが異様な雰囲気を纏い、それに女子が反応した瞬間、

「うわあああああああああああああっっっ！！？」

男の悲鳴が洞窟の奥から響き渡った。

ランマと女子は音の方を向く。

「悲鳴？　お前、ゾンビは全部倒したんじゃないのか？」

「……倒した」

「じゃあなんだ今の悲鳴。ゾンビに襲われたわけじゃねぇってことだよな。受験者同士で戦ってるのか？」

「アホ。サモンコインは全部ここにあるんだぞ。戦う理由がねぇだろ」

「……確かに」

「面倒なことが起きてそうだな」

二人が手を止めると、

「うーし！　そんじゃ一時休戦といこうぜお二人さん！」

突如、何もない場所から現れたウノ。

ランマはウノを睨みつけ、女子はウノを戸惑いの視線で見る。

「……この一切気配なく現れるのはこいつの術か」

「テメェ、不意打ちが失敗した瞬間に消えやがって……！」

「今はそんなことどうでもいいだろ。——早く声の出どころに向かおうぜ。今の悲鳴、ただ事じゃねぇ」

三人は顔を見合わせる。

ランマも女子も、一度戦意を引っ込めた。

女子は先頭に立ち、

「俺様が声のところに向かう。お前たちは上の射堕天どもに助けを求めに行け」

「バニーちゃん一人に任せるわけにはいかねぇな」

「同感だ。三人で向かうのが一番安全だろ。それにここ登るのにも時間がかかるしな」

「ちっ。足引っ張るなよ粗チンども」

女子は一人走り出す。

「なんだとコノヤロー！　俺は粗チンじゃなくて巨○だコラァ！」

「テメェはなにカミングアウトしてんだ‼」

ランマとウノも女子の後を追い、洞窟に入った。

＊＊＊

ランマ、ウノ、ステラ。

三人は洞窟の中を走っていく。

「ところでバニーちゃん、名前はなんて言うんだ？」

「ステラ＝アサルト。次バニーちゃんって言ったら殺すぞ粗チン」

「だから粗チンじゃねぇって！　そうだ、この試験終わったらホテルに行こうぜ。俺が粗チンじゃねぇって証明してやるからさ」

「そのアホの話はスルーでいいぞ。俺はランマだ、よろしく」

「いい働きできたら名前で呼んでやるよ」

「へいへい。ご期待に応えられるよう頑張りますよ、女王様」

広い空間に出た瞬間、三人は足を止めた。

洞窟の奥の暗がりから人影が一つ現れる。

ランマたちは臨戦態勢に入る。

「た、助けてくれ！」

現れたのは狼男だった。

全身に灰色の毛が生えており、牙も爪もある。

「うげっ！　狼人間かよ！　やっちまえステラ‼」

「他人頼りかよ、ほんっと粗チンだな。お前」

ランマは彼に見覚えがあった。

「待った。そいつたしか狼男に転生する受験生だ。ウノ、お前も見ただろう。俺の前にいた奴だよ」

「あー、そういやいたな」

狼男の体はボロボロで、左腕に至ってはなくなっている。

明らかに加害者……という感じではない。

「どうした、なにがあった？」

ランマが近寄ろうとすると、ウノとステラが同時にランマを腕で止めた。

「……迂闊《うかつ》だぜ、ランマちゃん」

「まずやることがあるだろ」

ウノとステラは天鏡を出し、狼男を映す。

――狼男の頭上に、天の輪が見えた。

「判決、死刑‼」

そう叫ぶと、ステラは両手の指を銃口に変えた。

狼男は牙を剝き出しにし、毛を逆立たせる。

「ガルルルル‼」

放たれる弾丸。

狼男は俊敏な動きで弾丸を躱していく。

「ちっ！　速い‼　捉えられねぇ！」

「いや、いい。そのまま撃ち続けろ！　ウノ！」

ランマはウノの目を見る。

「……はいはい。意図は伝わったぜ」

弾丸を躱し、狼男はどんどんスピードを増していく。縦横無尽に空間を使い、加速していく。

だが、

「ガル！！？」

狼男は見えない壁に激突した。

「あーらら、いったぞ～」

ウノが笑う。

ウノの結界は視認できない。ゆえに、狼男は結界に無防備に突っ込んでしまった。それも最高速でだ。

「コウリュウ《7番》」

ランマはミラを蛇腹剣《コウリュウ》に変化させる。

怯んだ狼男に間髪入れずランマは蛇腹剣を振るう。狼男は縦に真っ二つに斬り裂かれた。

「作戦通り、だな」

ランマの手元の剣を見て、ウノとステラは同時に顔に汗を這わせた。

「天界礼装だと⁉」

「只モノじゃねぇと思ってたが、おたく、何モノだよ……」

「驚くのは後にしてくれ。眷属がいるってことは、奴らもいるってことだ」

ランマの言葉を肯定するように、天井にそれは現れた。


カラスの頭、体格は筋骨隆々の成人男性、羽はコウモリ、足は鳥のかぎ爪。

カラス頭の堕天使だ。天井に足の爪を引っ掛けてぶら下がり、腕を組みながら無機質な瞳で三人を見ている。

「階位は？」

ウノが聞く。

「膝にある。７２３番」

ステラが答えた。

「７００番台か……俺は９００番台までしか相手したことねぇぞ」

「９００番台と７００番台ってそんな変わるのか？」

「全然違うね。９００番台に比べて大体倍くらいの強さだと思った方がいい」

「俺様も７００番台は初めてだ」

カラス頭の堕天使はジーっと眷属の死体を眺め、そして、――大粒の涙を流した。

「うわあああーっん!!!!」

がなり声が響き渡る。

「僕の群れが！　僕の群れが！　僕の群れをよくも!!　寂しい、寂しいよぉ！　一人は寂しいよぉ!!　群れ群れ群れ群れ群れ群れ……群れなくては、群れなくては！　独りぼっちじゃ生きてる意味なし！！！！」

カラス頭の堕天使は黄金の輪を展開し、そこから真っ黒な弓と矢を出した。

「貴様らを、新たな群れにする……！」

「隷属の矢!?　当たったら一発アウトだぞ!!」

ウノの言葉でそれが隷属の矢だと知る。

ランマは以前焼け焦げた隷属の矢を見たことがあっただけで、完全な隷属の矢はこれが初見だった。

（あれが隷属の矢……！　纏ってるオーラがなんか、気持ちわりぃ！）

矢が放たれる。が、それはウノの結界に簡単に弾かれた。ウノは三人を囲むように結界を展開している。

「どこ、どこ行ったの……？　僕の群れ！」

カラス頭の堕天使は周囲をきょろきょろと見回す。

「結界で俺たちの姿を消した。さてどうする？　お二人さん」

「こっからスナイプする」

「こっから斬り裂く」

「好きなタイミングでどーぞ」

カラス頭の堕天使は二人の攻撃よりも前に術を繰り出す。

「明るいのは嫌い……孤独は、光あるところから生まれる……」

突如、低い声でそう言い、堕天使は体から黒い霧を噴出させる。

黒い霧で堕天使の姿が見えなくなった。

「……闇はすべてを隠す。孤独すら、隠してしまう」

黒い霧はたちまち辺り一帯を包み込み、結界以外の場所は暗闇に包まれてしまった。

「あっ、これやべぇわ」

ウノの言葉でランマも気づく。

結界だけが黒い霧を避ける。ゆえに、黒い霧はランマたちの場所を知らせてしまう。

「そこか」

堕天使は黒い霧の中でも目が利く。

堕天使視点では立方体の隙間だけが浮き彫りになっていた。

――パリィン‼

結界の天井を破り、三人の陣形の中心に堕天使が舞い降りた。

「みぃつけたぁ。僕の群れ……！」

堕天使はくちばしを大きく開けた。

危機を感じたウノは壊れた結界を消し、ランマとステラを囲む結界を順次生成する。しかし自身を囲む結界を生成する前に、堕天使の技が発動した。

――〝超烏音波《スーパークロウヴォイス》〟。

「カアアアアアアアッッーーーーーーーーーッッ！！！！！！！！！！」

それは言ってしまえば、超うるさいカラスの鳴き声。

その音の衝撃はランマとステラを囲む結界にヒビを入れ、無防備に技を受けたウノを20メートル先の壁まで弾き飛ばした。

「がっ⁉」

ウノは背中を打ち、気を失う。

ウノの自分より他人を優先した行動が、ランマの闘志に火をつけた。

（感謝するぜ、ウノ！　絶対に勝つ‼）

ウノが気絶したことで結界が解ける。堕天使の叫びによって黒い霧が微かに晴れ、相手の姿を視認できる。

ランマはミラをコインに変えて握りしめ、振りかぶっていた。

カラス頭の堕天使はランマに気づき、振り返る。

「ガアアッ‼」

堕天使は踏み込もうとする。堕天使視点ではランマは何も持っていない。ゆえに、防御や回避という選択を堕天使は取らなかった。ランマが攻撃の動作に入っていることに堕天使は気づいていなかった。

ランマが腕を振り下ろす寸前、コインは蛇腹剣《コウリュウ》へと変わる。

「！！？」

堕天使は肩から脇腹にかけて深く斬り裂かれた。

ミラの変化能力を活かした間合いの誤魔化し《リーチ・トリック》。まず初見では対応できない。

（体を分断するつもりで斬ったのにクソ！　硬い！　あのバーテンダー堕天使よりもよっぽど硬い！）

「……嫌だ。死にたくない！　ひとりぼっちのまま、死にたくなぁい‼」

堕天使は背を向け、逃走する。

ランマは蛇腹剣《コウリュウ》を伸ばし、突きで脇腹を穿《うが》つ。

（まだ致命傷じゃない。コウリュウは一度伸ばすと一度縮めないとダメ。だが縮まるのを待っていたら逃げられる――）

一瞬の思考。

咄嗟にランマの頭に浮かんだ策を、何も言わずともミラは実行した。ミラは自発的に、姿をコインに変えたのだ。

――さいっこうだぜ、相棒‼

ランマは腕を振るう。するとコインは蛇腹剣《コウリュウ》に変化し、堕天使の片翼を斬り裂いた。

擬態能力を活かし、伸縮の隙をなくす。ミミックが吸収したコウリュウだからこそできる弱点のカバー。

「翼はやった。けどまだ……‼」

体を裂き、脇腹を穿ち、翼は折った。だがまだ堕天使は走る力はある。

姿は黒い霧に溶け、見えなくなった。

「逃がすかよ‼」

ランマはコウリュウを振りかぶるが、その途中でコウリュウ及びミラは真っ白なサモンコインになった。

（しまった！　魔力切れ！　天界礼装は燃費がわりぃ‼）

「十分だ！　翼がなけりゃやれる‼――後は任せなぁ！！！」

ステラはその場に座り込み、右脚を狙撃銃《スナイパーライフル》へと変えた。銃身《バレル》だけの再現じゃない。引き金《トリガー》も含め、ライフルスコープ以外のすべてを再現している。

右手の人差し指を引き金に当て、左手で銃身を押さえる。

「この暗闇でアイツを狙えるのか⁉」

「〝銃装冥土《ガンズメイド》〟の能力は結局、言っちまえば体の部位を銃の部品に変える能力‼　例えば瞼をスコープに変えることも可能！」

「すこーぷ？」

「双眼鏡みたいなもんだ！　そして！　スコープの中には暗視できるモンもあるんだよ‼」

ステラは瞼を下ろし、瞼を暗視スコープに変える。

「輝度《きど》調整完了！　倍率調整完了！　見えたぜ野郎のケツが‼」

ステラの瞳に、堕天使の姿が映る。

「〝美脚狙撃《レッグスナイプ》〟‼」

右足のライフルの先から弾丸が発射される。

弾丸は堕天使の後頭部を撃ち抜いた。

さらに首、背中（心臓部）、両足を撃ち抜く。堕天使の動きが止まり、その場に倒れ込んだ。

黒い霧が晴れていく。

「当たったのか……？」

「あったりまえだ！　それを見ろ」

ステラはカラス頭の堕天使の眷属、狼男を指さす。

狼男の受験生は人の姿に戻り、光へと変換されていった。眷属が光へと変わるのは堕天使が死に絶えた証だ。

「……」

ランマは光の方に体を向け、膝をつく。

「？　なにやってんだ？」

ランマは光に向けて、両手を合わせた。

「……助けられなくて、ごめん」

ランマに落ち度はない。ランマは彼を守る立場でもないし、悲鳴が聞こえてすぐに駆け付けた。彼ができるベストは確実に尽くしていた。

なのに謝るランマを見て、ステラは理解できないといった顔をする。

「……けっ。お前が謝ることかよ」

そうは言いつつも、ステラも両手を合わせたのだった。

祈りを捧げた後、ランマとステラは倒れた堕天使に近づく。ステラは両腕を銃に変え、死体を撃ってひき肉に変えた。

「念のため」

「容赦ねー……」

「頭だけ持ってけば堕天使討伐の証になるだろ」

「グロー……」

ステラはカラス頭を手摑みにする。

次にランマは気絶したウノの下へ足を運んだ。

「おーい、ウノ。終わったぞ」

ランマはウノの体を揺する。

「ん……？　ここはどこ？　私はだぁれ？」

「お前の名前はアリゲイツ＝ハーバリー。俺に忠誠を誓った奴隷だ」

「嘘吹き込んでんじゃねぇよ！」

「なんだよ、記憶あんじゃねぇか」

ランマとウノにステラは近づく。

「さてと、もうひと踏ん張りだな」

ウノはステラに敵意を向ける。

「おたくの持ってるサモンコイン、譲ってもらうぜ」

（やっべー。そうだった。試験のこと忘れてた。もう魔力ねぇよ……）

と心の内でぼやきながらも、ランマは拳を握る。

ステラは呆れたようにため息をつき、サモンコインを十四枚、二人の足元にバラまいた。

「ほらよ。くれてやる」

「……いいのか？」

ランマが聞くと、ステラはニッと笑い、

「さっきの戦いでわかった。お前らは使える。ランマ、ウノ、お前らが同期になるのは……悪くない」

そう言ってステラはカラス頭を持ってスタート地点に戻っていった。

「まったく、漢気《おとこぎ》溢れるバニーちゃんだねぇ」

「敵わねぇなぁ」

二人はサモンコインを集めた後、ウノの結界を足場にスタート地点の地上に戻った。
こうして、試験は終わった。
死者一名　負傷者（ステラにぶっ飛ばされた受験者）八名　合格者――三名

第八章　プレゼント

「鑑定士から解析結果が返ってきた」

試験から三日後、〈ブルー・ラグーン〉の射堕天サークル支部会議室。

黒板とテーブル、椅子のあるだけの殺風景な部屋でスウェン、ミカヅキ、フランベルの三人は三日前の堕天使乱入の件を振り返っていた。

ミカヅキは鑑定士から送られたカラス堕天使の頭部（ステラが持ち帰ったもの）の鑑定結果がまとめられた書類を二人に配る。

スウェンとフランベルが書類に目を通したところでミカヅキは話を始める。

「アイツらの言う通り、第三階位相当の堕天使だった。そんで、厄介なことに……」

ミカヅキはため息交じりに、

「頭部から悪魔の魔力が検知された。鑑定士曰く、セイレーンの可能性が高いらしい」

「セイレーンって歌で幻惑魔法を掛ける悪魔ですよね。たしか男性限定でしかも人間以外には通じないはずでは？」

スウェンの疑問に召喚士であるフランベルが返答する。

「そういう召喚陣なのでしょう。召喚した悪魔の幻惑魔法を強化するとか」

「フランベルの言う通りだろうなぁ。しかし第三階位を堕とすレベルってなると、Ｄ級以下じゃ幻惑解除《レジスト》できねぇかもな」
射堕天にはA級～E級のランクがある。
A級：第二階位に単騎で対抗できるレベル
B級：第三階位前半（100番台～300番台）に単騎で対抗できるレベル
C級：第三階位中盤（400番台～600番台）に単騎で対抗できるレベル
D級：第三階位後半（700番台～900番台）に単騎で対抗できるレベル
E級：第四階位に単騎で対抗できるレベル
他にもS級（第一階位に単騎で対抗できるレベル）があるが、これは射堕天の歴史上到達した者がいないため幻のランクとなっている。
戦闘能力だけでなく、他の要素（サポート能力や指揮能力）も評価対象になる。右の記述はあくまで指標の一つである。
ちなみにスウェンはC級、ミカヅキとフランベルはD級だ。
「召喚士による人為的な犯行だったのは確定として、狙いは誰だったんですかね？」
「わたくしたちの誰かではないでしょうか。スウェンさんなんか最近はかなり活躍してましたから、堕天使やそれに与《くみ》する者たちの恨みを買っていてもおかしくありません」
「ねぇな。俺たちを殺すつもりなら700番台をぶつけないだろ。最低でも400番台だ」
もちろん可能性はゼロではないけど、とミカヅキは言葉を紡ぎ、
「狙いは受験生の誰かだろうな。怪しいのはカラス頭と実際に交戦したヴォルフ＝クレイマン、

ランマ＝ヒグラシ、ウノ＝トランプ、ステラ＝アサルトの四人だ。ヴォルフは死んだから、もしヴォルフが狙いだったんなら敵の目的は達成されている」

「でも、もしヴォルフが目的なら、ヴォルフを討伐した時点で堕天使は退《ひ》かせそうですけどね。７００番台とはいえ、第三階位は捨て駒にするのは痛いでしょ。無尽蔵に湧く第四階位ならまだしも」

「だとすれば、一番濃いのは合格者の三名ですわね。あの三人を早くロンドンに運んだ方がよろしいのでは？　ロンドンならば射堕天が多数いますし、襲われてもすぐさま対応できます」

「わかってる。もうすぐ第一～第七師団の新入隊員及び試験官が全員揃う。今日の夕暮れには船で出発さ。スウェン、合格者三人は同じホテルに入れてるんだよな？」

「はい」

「んじゃ引き続きホテルで護衛に回れ。俺は他の師団に今回の件を伝えてくる。フランベルは船の設備の確認をしろ。特に防衛設備のチェック」

「「了解」」

「以上、解散だ」

三人は立ち上がる。

「そうだスウェン、あいつらにプレゼントを持って行ってやれ。玄関に置いてあるからよ」

「プレゼント？」

ミカヅキは口元に笑みを浮かべ、

「馬子にも何たらってな」

＊＊＊

〈ブルー・ラグーン〉のフードコートでランマ、ミラ、ウノ、ステラはハンバーガーを平らげていた。

「それにしても、いつまでこの街に閉じ込められたままなのかね」

ウノは頬杖をつき、気怠そうに呟いた。

現在、ランマ、ウノ、ステラの合格者三名は〈ブルー・ラグーン〉の一角に閉じ込められている状態だ。一定の区域から外に出ることを禁じられている。

ホテル、フードコート、雑貨屋。この三つぐらいしか行ける場所はなかった。

「ここら辺から出るなっつわれてるから釣りにも行けねぇ」

「暇なら俺と筋トレでもするか？　筋肉をいじめるのは良い暇つぶしになるぞ～」

「嫌だよ、むさ苦しい。つーかお前、部屋行くといつも筋トレしてるけどまさか朝から晩までずーっと筋トレしてるのか？」

「もう習慣でな。筋トレだけじゃなくて、トランプタワー作ったりもしてるぞ」

「つ、付き合ってらんねぇ。――なぁバニーちゃん、こんな娯楽のない場所でできることなんか限られてると思わないか？　どうだ、この後俺の部屋で一緒に筋トレでも。腰と腹と股関節を重点的に鍛えられて、さらにはとっても気持ちのいい筋トレ法があるんだが」

「なんだそりゃ⁉　ウノ！　ぜひ俺に教えてくれ！」

「おめぇは引っ込んでろ！」

ステラは冷たい瞳で、

「バニーちゃんと呼ぶのはやめてください。大体、バニーちゃんなのはあなたの方でしょう。そのうさ耳」

ステラはツンとした表情でハンバーガーをナイフとフォークで丁寧に切り分けていた。その手つきから上品な生まれなんだろうな、とランマは推測した。

あの転生後の荒っぽい性格に比べて、今のステラはおとなしいものだ。それでも強気な性格には変わりないが。

ミラはランマの膝の上に宝箱の姿で座っている。ランマはポテトを手に取ると、ミラの口に放り込んだ。

「美味いか？　ミラ」

『みっつっらぁ♪』

「そうかそうか。絶品か」

ランマとミラが穏やかに会話をする一方で、

「私はあだ名という文化が好きではないのです」

「でもお前、俺たちのこと散々粗チン呼ばわりしたじゃんかよ」

「そ……そんな下品なこと言ってません‼」

ウノとステラの間には険悪なムードが漂っていた。

「言ってただろ。転生中の記憶もあるってのはわかってるんだぜ」

「言ってません。言いがかりはやめてください」

「言ってました〜」

「言ってません！　それ以上しつこくするならセクハラで訴えますよ！」

プイ、とステラは首を横に振る。

ランマはステラの顔が赤くなっていることに気づいた。この反応的に記憶はあるのだろう。

「証人が二人もいるんだぜ。なぁランマちゃん？」

「本人が記憶にねぇって言ってるんだから俺たちの聞き間違いってことでいいだろ」

「お優しいねぇ」

ウノはポテトを口に咥え、縦に揺らす。その態度は暇で暇で仕方ないって感じだった。

「つーかあれだぜ、バニーちゃんってのは要約するとかわい子ちゃんって意味だぜ。俺にとって可愛いの象徴はウサギでありバニーちゃんなんだよ。賛辞さ。あだ名じゃなくて敬称だよ」

「む……そうなのですか。かわい子ちゃん……ですか。そういう意味なら、まぁ……」

ウノとステラのバニーちゃん呼び論争はウノのナンパ言葉に照れてしまったステラの負けで終わったようだ。

「そういや聞いてなかったけどよ、お前らはなんで第七師団に入ったんだ？」

「第七師団？」

「私は堕天使の討伐数で決めました。合計討伐数は第一師団が圧倒しているものの、一人あたりの討伐数は第七師団が一番でしたから。つまり少数精鋭、私にピッタリです」

「ちょっと待ってくれ。なんだ、第七師団ってのは」

「はぁ、おたく、なんも知らずに第七師団のテスト受けたのか？」

「？　ああ。第七師団ってのはよくわからん。俺は射堕天サークルの入団テストを受けた、って認識しかない」

「マジかよ。あのな、射堕天サークルってのは一〜七まで師団があって、お前が受けたのは第七師団の試験だったのよ。師団によって特色が全然違うんだぜ。その辺、普通はきっちり考えて目当ての師団のテストを受けるんだけどな」

「……スウェンのやつ、ほんっと説明不足だな」

「ウノさんはなぜ第七師団に決めたのですか？」

「一番自由だって聞いたからな。カッチカチの軍隊方式は性に合わねぇのよ」

ウノは今度はストローを咥え、揺らし出した。

自分で話題を振っておいて早々に飽きたようだ。

カランカラン、とドアベルが鳴って一人の客が店内に入ってくる。

「あ、ここにいたんだ」

台車にアタッシェケースを三つ載せたスウェンが三人のテーブルにやってくる。

「三人とも、ようやくロンドンに行けるよ。三日間おとなしくしてくれてありがとね」

「よぉし！　やっと囚人卒業だぜ」

「スウェンさん、そのケースは一体……？」

「ああ、これね。プレゼントだよ♪」

＊＊＊

ホテルの出口で待つスウェンの背後に、ランマ・ウノ・ステラが現れる。

スウェンは振り返り、三人の格好を見て笑った。

「うん！　よくお似合いだよ。三人とも」

そこには射堕天のコートを羽織った三人が立っていた。

「つ、ついに……俺もあの人と同じ制服を……！」

「あー、制服ってのは窮屈でいけねぇや。個性も出ねぇし」

「見た目より軽くて驚きました。これなら戦闘も問題なく行えます」

ランマは憧れの人物と同じ衣装を着られたことに嬉しさのあまり涙目に、ウノは文句を言い、ステラは制服の性能を称賛する。

「さ、港へ行こうか。ロンドン行きの船が待ってる」

第九章　思わぬ同期

「「おぉ～‼」」

連れてこられた港で、ランマとウノは同時に驚いて声を上げた。

目の前にあるのは巨大な豪華客船。蒸気で動くハイテクシップだ。

「まさかこんな豪勢な船に乗れるとはな……」

「ひゅ～！　ひょっとして射堕天サークルってのは結構金持ちなのか？　こりゃ飯にも期待できるな」

ランマは目の前の船のあまりの豪勢さに一周回って引き気味だ。

一方ウノはまだ見ぬ豪華料理を妄想して涎《よだれ》を垂らしている。

「二人とも、なにをしているんだい？」

スウェンが不思議そうに聞いてくる。

スウェンは豪華客船ではなく、違う船を指さす。

「僕らが乗るのはあっちだよ」

「「え？」」

スウェンが視線を向けた先にあったのは目の前の豪華客船の六分の一ほどの大きさの帆船《はんせん》だった。海賊が乗っていそうな粗雑な船である。

「そっちは第一師団の船だね」

「じょ、冗談だろ？　このオンボロ船が俺たちの船？　師団間でそんな資金に差があるのか？」

ウノは青ざめた顔で聞く。

「うん！　第七師団は七つの師団で一番貧乏なんだ」

「……俺、今からでも違う師団に入りてぇ」

「いいじゃねぇかこっちはこっちで趣《おもむき》があってさ！　俺、船乗るの初めてだからこういう船にも憧れがあったんだよなぁ」

ランマは開き直りではなく、本心で言っている。ランマはこれまで船に縁がなかったため、どちらかと言うとこういうTｈｅ船といった感じの方が好みなのだ。

「はぁーあ、ランマちゃんはポジティブだねぇ～」

第七師団の輪に、割り込む影が一つ。

「ふん！　そいつのポジティブさは天井知らず底知らずだぞ」

嫌味たっぷりの声。

ランマはその声に覚えがあった。

「お前は……！」

ランマはその人物を見て、驚いた。

青い髪、細長く嫌味なその顔。

「久しぶりだな。ランマ」

「エディック⁉」

ランマは信じられないという顔でエディックを見る。

エディックはランマと同じアカデミーの生徒で、ランマを騙しからかっていた男だ。

「な、なんでお前ここに⁉」

「なんでって、俺もこの射堕天サークルに入ったからだよ。それもエリート集団である第一師団にな」

エディックは射堕天のコートを自慢げに見せる。

「なんだと⁉」

「別にお前を追って来たわけじゃないぞ。元々俺はロンドンの仕事に就《つ》きたくて、ロンドンに本拠地のある射堕天サークルを進路候補に入れていた。くくっ！　お前のアホ面が見たくて黙ってたけどな」

ウノはランマの肩に肘を乗せ、

「なんだランマちゃん、知り合いか？」

「ああ。アカデミーの同級生なんだ」

ランマの隣にステラも来る。

「ランマさんの同級生、ということは、私と同い年……ですよね？」

「んんっ⁉」

エディックはステラを見ると、顔を赤くした。

「か――かわ……!?」

エディックはステラの容姿を頭のてっぺんからつま先までマジマジと見る。

見惚れてしまうほど美しい銀色の髪。

雪のように白い肌。

ツンと伸びたまつげ。

凛としているものの、少し幼さの残る顔立ち。

華奢な体。

エディックのハートを、天使《キューピッド》の矢が貫いた。

エディックの感性は正常だ。ステラの可憐さは老若男女問わず魅了するレベル。この反応はなにも珍しいことじゃない。

ただランマの場合はステラに匹敵する美人に幼少期に会ってしまっている。いや、ランマにとってはステラ以上の美人と幼少期に会ってしまっているため、必要以上に魅了されることはなく。

ウノの場合、ステラの容姿は認めてはいるものの、体中を銃に変形させ下品な言葉を振りまくステラの姿を知っているため、こちらもまた必要以上に魅了されることはない。

「おい、どうしたエディック?」

「いいや。なんでもない。そ、その二人はお前と同じ第七師団の連中か?」

「そうだよ。同期だ」

「ステラって言います。よろしくお願いします」

「ウノだ。ヨロシク」

「あ、ああ。よろしく」

エディックはチラチラとステラの顔を見た後、コホンと咳ばらいを挟み、ランマに視線を向ける。

「ランマ。この前俺が言ったことは覚えているな?」

「ああ。よく覚えているぜ……『マジウケるわアイツ』、『ほんっと馬鹿だよアイツ』、『おい落ちこぼれ』――お前の数々の暴言はしかと、この脳裏に焼き付いて……」

「それじゃねぇ！　試験のリベンジをするって話だ！」

「なんだ、そのことか」

「ロンドンに着いたらもう一度俺と戦ってもらうぞ。俺はあの日から成長した。次こそ俺が勝つ！」

「いいや、次も俺が勝たせてもらう。俺だって試験の日から今まで、遊んでいたわけじゃない」

二人は視線を交錯させ、小さく笑った。

「あ！　いたエディック君！　もうっ！　勝手に隊列を離れないでよ！」

女性の声が飛び込んできた。

叱り顔で現れたのは赤毛の女性。鼻元のそばかすが特徴的だ。

「お！　こりゃまた素敵なバニーちゃん♪」

「すみませんリーニャさん。知り合いがいたもので」

「知り合い？　――あれ？　もしかして君たち第七師団の子？」

リーニャという女性は何やらはしゃいだ様子だ。

「はい。でもなんで俺たちが第七師団だってわかったんすか？」

ランマが問う。

「腕章に〝Ⅶ《7》〟って書いてあるじゃない。腕章の数字がどの師団に所属しているかを表すんだよ」

射望天は制服の腕に腕章をつける。ランマやウノ、ステラの腕章には〝Ⅶ〟、リーニャやエディックの腕章には〝Ⅰ《1》〟と書かれている。

「あー、これってそういう意味だったのか」

「普通、着る時に気づくだろうよ」

ウノがツッコむ。

ランマは制服をもらえた喜びが強くて、腕章に意識が向いていなかった。

（そういや、あの人の腕章にはなんて書いてあったかな……）

「ってことはアンタは第一師団ってわけだ」

ウノの言葉にリーニャは「うん！」と頷く。

「ねぇねぇ！　ミカヅキ君はいる？」

「ミカヅキさん？」

ランマは周囲を見回し、ミカヅキの姿を探す。

「そういやずっと見てねぇなあの人、どこ行ったんだろう？」

「ミカヅキさんならそろそろ来ると思いますよ」

スウェンが横から言う。

「あ、スウェン君、おっは〜。活躍聞いてるよ〜」

「いえいえ。僕なんてまだまだですよ」

「……ちっ。鬱陶《うっとう》しい奴がいやがる」

不満マシマシの声。

ミカヅキとフランベルが共に歩いてくる。ミカヅキを見つけると、リーニャは嬉々としてミカヅキに近づいた。

「ミカヅキ君、ひっさしぶり〜！　半年振りくらい？」

「さぁな。覚えてねぇよ」

「も〜、冷たいなぁ。せっかく凡人同盟が揃ったって言うのに」

「誰が凡人だ！　お前と一緒にすんな！」

「ひっどぉ〜」

何やら仲睦まじげに話す二人。ランマが二人の関係を勘繰っていると、

「あの二人は同期なんだ。もう十年来の付き合いなんだってさ」

スウェンが説明してくれた。

「ふーん。道理で息がぴったりなわけだ」

「耳腐ってるのかテメェ！　どこも息ぴったりじゃねぇだろ！」

「まったくもう、照れちゃって～」

第七師団六人と第一師団二人で話していると、

「お前らいつまで油売ってるんだ⁉　早く戻れ！」

隊列を率いたゴリラのような体格の射堕天が向こうの大きな船の前から怒号を飛ばしてきた。

恐らく、エディックとリーニャの上司だろう。

「あっはは、怒られちゃった～」

「またなランマ。そんなオンボロ船で、沈没しないように精々気を付けろよ」

エディックとリーニャは第一師団の集団の下へ戻っていく。

「……相変わらず嫌味な野郎だ」

「そうかぁ？　俺にはツンデレちゃんにしか見えなかったけどなぁ」

ランマ、ウノ、ステラ、スウェン、ミカヅキ、フランベル。

六名は揃って帆船に乗り込んだ。

そして――

彼らの長い夜が、始まろうとしていた。

第十章　彼女の名は

第一師団、第七師団以外の五師団も港に到着。

ランマとウノは帆船の甲板から他の師団の船を眺めた。

「おうおう。やっぱ俺たちの船が一番ちっせぇな」

ウノが文句を垂れるのも仕方がない。

みんながみんな第一師団ほどではないが大きな船に乗っている。

「それだけならまだいいけどよ」

ランマは船を見渡す。

乗員はたったの――六人。

「たった六人しか乗ってないってどうなんだ？　やっぱ俺たちも船動かすの手伝わないとダメか？」

ランマが疑問を口にすると、ウノは「うげっ⁉」と青ざめた。

「そりゃ勘弁願いたい……」

「心配はいりませんわ！　わたくしにお任せを！」

ゾンビの大軍を引き連れてきたフランベル。

フランベルの頭の上には海賊が被るような三角帽子が載っている。

「総員！　出港準備！」

海賊の恰好をしたゾンビたちはフランベルの指揮に従い、出港準備を始める。

スウェンがランマの下を訪れ、「船の操作はフランとそのシモべたちに任せておけばいい。君たちはのんびりくつろぐといいよ」と言う。

ゾンビたちはせっせと働く。

「せっかくのブルーオーシャンがゾンビの腐臭で台無しだな……」

ため息をつくウノ。

「なにを文句言ってますの⁉　ゾンビが嫌なら、あなたが働いてくださいな！」

「ウソウソ、冗談だよ冗談」

ランマは一人の姿がないことに気づく。

「ミカヅキ先輩はなにやってんだ？」

「船長室で他の師団と連絡を取ってる」

スウェンが答えた。

「連絡？　どうやって？」

ランマが聞くと、スウェンは親指と小指を立てた電話のハンドサインを作り耳に当てる。

「電話っていう通信機があってね、距離が離れていても言葉を交わせるんだ。それで他の船にいる射堕天と話してるんだよ」

スウェンの話を聞き、さっきまで意気消沈していたウノが目を輝かせる。

「電話⁉　異界都市の産物じゃねぇか！」

「そうだよ～」

「船長室って言ったな、ちょっと見てくる！」

「うん。行ってらっしゃい」

ウノは甲板から船内に入っていった。

「そういやアイツ、異界都市に興味があるみたいなこと言ってたな」

「異界都市のファンは多いよ。僕もバイクを持ってきてくれた異界都市には感謝してるしね」

「バイク、か。嫌なこと思い出した……」

「あ。ロンドン戻ったらまた後ろ乗るかい？」

「断固拒否する！　もうバイクには乗らないって決めたんだ！」

出港して五分もたたないうちに大型船が次々と第七師団の船を追い越していく。

「アレは第四師団の船かな」

「……俺たちが一番早く出たのに、全部の師団に追い抜かれたたな」

「仕方ないよ。他は蒸気機関で動いてるんだもん」

「ロンドンにはあとどれぐらいで着くんだ？」

「八時間くらいかな？」

「そんじゃ、着くのは夜になるな」

すでに夕暮れ時。空は微かに暗くなってきている。

「あ！　そうだスウェン、ずっとお前に聞きたいことがあったんだ。バタバタしてて聞けてなかったけど」

「ん？　どうしたの？」

「俺、探してる人がいるんだよ。お前と同じ射堕天の制服を着てた女子で……えーっと七年前に十三とか十四ぐらいに見えたから、今は多分、二十歳ぐらいで、金髪のロングヘアーの人だ」

「金髪の人って結構いるからなぁ。他になにか特徴ない？」

「えーっと、なんだろうな。すっげぇ美人！」

「君の美人の感覚がどういうものかわからないしな……」

「あれだ！　銀色の竜を召喚してた！　だから召喚士だ！」

「⁉」

スウェンの顔色が変わる。

「銀色の竜……まさか」

「知ってるのか？」

「多分、君が探している人物の名はヒルス＝ノーヴァス」

「ヒルス……ヒルスって言うのか、あの人」

ランマの耳が赤みを帯びる。

「この第七師団の師団長、リーダーだよ」

一瞬、心臓が止まった気がした。

「……第七師団の、師団長……」

狙って第七師団に来たわけじゃない。

ランマは当然、入るならヒルスと同じ師団と思っていた。ランマは己の幸運を噛みしめる。

「じゃ、じゃあやっぱり……」

ランマは、期待に満ちた瞳で、

「ロンドンに、いるのか……あの人は！」

「いるよ。年中任務で出てるんだけど、新人が来る時だけは戻ってくるんだ。結構なレアキャラでね、僕もあんまり話したことないんだよね～」

七年間、憧れ恋焦がれてきた。

ランマにとって、もはや神格化されている存在。自分の人生の道標。

その人に、ようやく会える。

「やべぇ……やべぇな。スウェン、俺、顔の毛穴とか開いてない？」

「開いてないよ」

「臭くないか？」

「ちょっと臭い」

「……香水持ってないか？」

「持ってないよ」

「……ステラに借りてくる」

「行ってらっしゃい」

ランマは縄梯子を伝ってマストを登り、その上にある見張り台に入る。

「ステラ！　香水くれ！」

見張り台にいるステラに言うと、ランマは銃口（指）を額に突き付けられた。

「え？　――うおっ⁉」

バン！　と音が鳴り、銃口が火を吹く。ランマはすんでのところで身を屈め、銃撃を躱した。

「俺様の背後に許可なく立つんじゃねぇ、粗チン野郎が！」

ステラはメイド服を着ていて、瞳は赤くなっていた。

（こ、こっちのモードだったか……！）

ステラは舌打ちすると、見張り台から海上へ視線を飛ばす。

「ていうか何でお前ここにいるんだ？　見張りなんてゾンビに任せりゃいいだろ」

「ミカヅキの指示だよ。俺の能力を使って見張れってな」

ステラの瞼はスコープに変形している。

（なるほど。コイツのスコープを使えば暗くなっても見えるし、遠くも見える。見張りには最適か）

ランマは一旦、香水のことは置いて、

「……夜食とか必要か？　持ってくるぜ」

「サンキュー。頼むわ」

ランマがマストを下りて船内に入ると、タオルで頭を拭いている上半身裸男が立っていた。

濡れた赤く長い髪を拭くその姿には男ながらに色気を感じる。

「すげーぞランマちゃん。この船、意外にもシャワールームがついてやがる」

「……いや、誰だよお前」

「おいおいそりゃねぇだろ？　お前の心の友のウノ＝トランプ様だよ」

「あ！　ホントだ！　その髪色と声！」

「……言われないでも気づけよな。ちょっぴりショックだぜぇ」

ウノはいつも化粧をしていて目元に黒い模様を入れている。頭にもウサ耳を付けており、ついそっちに目が行ってしまうのでそれらの特徴を取っ払われると一気にわからなくなるのだ。

「お前、化粧やめた方がいいんじゃないか？　絶対、素顔の方がモテるぞ」

「マジシャン時代の名残というか、人前に出る時は化粧してないと落ち着かないんだよ。素顔で話していると人の目も見れなくて……」

ウノの目線は真横の壁に向いている。ウノはどこか照れくさそうで、確かにらしくない。

「じゃああのウサ耳はなんだ？　アレもないと落ち着かないのか？」

「いいや別に」

「じゃあなんで……」

ウノは物憂げに微笑み、

「……笑ったんだよ。アレ着けたらさ」

「？　誰が？」

「誰でもいいだろう。それよりランマちゃん、今日はこれからどうする？　もう寝るのか？」

「いいや、今からステラに夜食を持っていくとこだ」

「へぇ。せっかくだ。俺が手料理を振舞ってやる。ちょっと待ってな」

この船は機関室、船長室、ダイニングキッチン、シャワー室、寝室がある。

ウノは調理室に入り、調理を始めた。ランマは食卓で料理ができるのを待つ。

静かな船内に響く包丁の音がどこか心地よかった。

日が沈んだ海を船は進んでいく。

＊＊＊

料理を持って、ランマとウノはウノの結界を足場に見張り台に上がった。

ウノは手に皿を、ランマはホットコーヒーを三つ持っている。ウノが持ってる皿には銀色の蓋が被せられていて中は見えない。

「お待たせ」

ステラはメイド服ではなく、制服を着ている。どうやら通常状態のようだ。

「ありがとうございます」

「どうだい、調子は」

首を傾げ、ウノが聞く。

「一日休憩です。今はスウェンさんが船首から双眼鏡で見張ってくれています」

「ちょうどいいな。ほれ、ウノお兄さんが夜食を作ってきてやったぞ」

ウノが床に皿を置き、銀の蓋を外す。

ランマとステラは皿に盛られた料理を訝《いぶか》しげに覗き見る。

「なんだこれ、パンにハムとかトマトとか挟んである……」

「こちらの物には卵が挟まってます」

「そいつはサンドウィッチって料理だよ」

聞き覚えのない名前だ。

「さんどうぃっち？　どういう意味だ？」

「さぁな。異界都市の産物だ。名前の由来は知らん」

ランマとステラはそれぞれハムサンドと卵サンドを手に取り、ひとくち食べる。

「「……‼」」

次の瞬間ランマと、そしてお嬢様気質のステラまで、ガツガツと一気にサンドウィッチを一切れ平らげた。

「うめぇだろ？」

「美味い！　絶品だ！」

「……認めたくはないですが、美味です」

「そうだろそうだろ」

ウノは二人の反応に満足した様子で、コーヒーとサンドウィッチを片手に海を眺めながら自分も食べ始めた。

ランマとステラはその場に座り、サンドウィッチとコーヒーを飲む。

月が空に上り、潮の香りを漂わせながら夜風が吹く。暫く夜の静寂を楽しんだ後、ランマが口を開いた。

「お前たちはさ、なんで射堕天になろうと思ったんだ？」

「殺したい女がいるんだ」

「殺したい男がいるんです」

ランマは軽い調子で話題を振ったのだが、返ってきた答えがあまりに物騒すぎた。

ランマはサンドウィッチの端っこを口に入れ、（いらんこと聞いたな……）と発言を後悔した。

「わりぃがこれ以上は言えねぇな。相手は生きた人間じゃねぇとだけ言っておこう」

生きた人間じゃない、とは一体どういう意味だろうか。気にはなるが、これ以上突っ込んで重い話題を続ける気分ではなかった。

「私が殺したい相手は生きた人間です」

「これ以上踏み込むのは野暮かね？」

ランマと違って、ウノは容赦なく踏み込もうとする。

「いいですよ。別に、隠すつもりはありませんから。私の殺したい相手は……第四師団の師団長です」

聞く限り、隠した方がいい情報にも思える。ほとんど暗殺宣言だ。

だが、ウノは「あー、そういう感じね」と納得していた。

「そっか、ランマちゃんは知らねぇか」

置いてけぼりのランマを見かねてウノは説明を始める。

「第四師団ってのはな、犯罪者の集団なんだ。全員が元殺人鬼や盗賊どもで構成されている」

「なんだそれ、そんなの……許されるのか？」

「奴らはある程度の自由を保障される代わりに、堕天使との命がけの戦いを強制されているのさ」

「堕天使と戦えば罪を許される、ってことか」

「それは少し違います。罪が軽減されることはなく、罰を保留されているだけです。ノルマをこなせなければすぐさま死刑になる人物も多い。彼らは堕天使を倒す代わりに自分に課せられる罰を先延ばしにしているに過ぎない。ある意味、彼らは堕天使と共存関係にある」

「？」

「つまり、だ。堕天使がいなくなれば射堕天、ひいては第四師団の存在意義はなくなり、間違いなく全員罰を受ける。たぶんだけど、ステラの目的はそこだろう？」

「そうです。第四師団の師団長は許されざる罪を犯した。なのに射堕天サークルに保護され、のうのうと生きている。私はそれが許せない。堕天使をすべて滅ぼし、射堕天サークルを解体させ、そして……奴に罪を償わせる。それが私の目的です」

覚悟のこもった瞳だ。

無関係なランマまでひゅんと心臓が冷たくなった。それほどにステラの青い瞳には暗い殺意が込められていた。

「ずいぶんと重い覚悟だこと。そんで、ランマちゃんは何の目的で射堕天サークルに入ったんだ？」

「……」

ランマは言葉を失った。

これだけ重い目的を明かされた後で、〝惚れた女に会いたくて〟とは言いにくい。堕天使の存在は許せないし、射堕天という職業に憧れもある。が、それが第一かと言われるとそうじゃない。

ランマが射堕天になりたい一番の理由は間違いなく彼女なのだから。

とは言え、ここまで語ってくれたステラの手前、嘘も言いづらい。

プライドと礼儀を天秤にかけ、ランマは――

「……好きな女と、結婚したくて」

ランマは正直に吐露することにした。

「好きな人がさ、射堕天サークルにいて、その人の……傍にいたくて」

言葉を付け足せば付け足すほど恥ずかしさで顔が赤くなる。

「ぷ――だっはっは！　マジかランマちゃん！　そんな理由で！　命がけの世界に入ったのかよ⁉」

爆笑するウノ。

ランマは恐る恐るステラの方を見る。

「──ぷふっ」

ステラも、隠れて笑い声を零していた。

「別にいいだろうが！　誰も彼もが立派な目的で来てると思うなよ！　コノヤロー‼」

「あーっはっは！　悪い悪い。別にいいと思うぜ？　俺はそういうの嫌いじゃない」

「そうですね。理由は人それぞれです」

「……はーっ、途端に自分が恥ずかしくなってきた……」

ステラはサンドウィッチを食べ終えると立ち上がり、足元に星形の魔法陣を出した。

「ではそろそろ時間ですので、業務に戻ります」

ステラの瞳が赤に変わり、服装がメイド服に変わる。

「俺たちは船内に戻るかね、ランマちゃん」

「そうだな」

「……待てお前ら」

呼び止められて振り返ると、ステラは遠くを見て、頬に汗をかいていた。

「……どうした、ステラ」

ただならぬ様子のステラに、ランマが問う。

「遠くから、何かが来る。あれは……風鳥種《シムルグ》、か？」

「⁉　シムルグだと。まさか……」

ランマたちは慌てて甲板に飛び下りた。甲板にはスウェンとフランベルもいる。

そこにシムルグ、およびその背に乗ったエディックが甲板を目指して近づいてくる。

「エディック⁉」

エディックはシムルグを消し、落下を始める。ランマがそれを受け止める。

「エディック！　しっかりしろ‼」

エディックは……血みどろだった。

脇腹には穴が空き、左目は抉られている。体中に深い傷がある。

もはや――助かる見込みはなかった。

「なんだ、これ……なにが……一体、なにが……！」

体が、精神が、非情な現実に引きずり戻される。

「ランマ、か……」

エディックは右目を開き、ランマの顔を見る。

「ちっ、よりにもよって、テメェの船に着くとはな……まぁいい。よく聞け」

エディックは声を振り絞る。

「――第一師団の船は……堕天使に占拠された」

＊＊＊

――エディックが第七師団の船に降り立つ十五分前。

第一師団の船の甲板に、一体の堕天使が降り立った。

人の形はしているものの、全身が金属質の堕天使。体つきは男性とも女性とも言えない中性的で体毛は一切なく、眼球まで金属のようにのっぺりとしている。身長は百五十センチほどだ。羽織っているのは丈の長いコート一枚のみ。

あまりに無機質で、異質。

堕天使の背後にはすでに第一師団の人間の死体が二つ転がっている。

そんな堕天使の前に立ちはだかるは二人の男。

第一師団C級隊員ゴネリス＝カイゼル。

第一師団選抜試験トップ合格者エディック＝ロジャード。

「……なんて奴だ」

ゴネリスは堕天使の実力の一端を感じ取り、冷や汗をかいた。

「エディック。俺たちはリーニャが他の者たちを保護するまでの時間を稼げばいい。勝とうとするな。他の者たちが保護されたらすぐさまお前の召喚獣で離脱する」

「わかってます。悔しいですがこれには勝てません。我々には時間稼ぎが限界です」

堕天使は、その機械的のような眼球で二人を見る。

「あなたたちニ、質問がありまス」

（質問？　……ラッキーだ。会話で時間を稼ごう）

ゴネリスは戦闘態勢を解かぬまま返事する。

「なんだ？」

「ランマ＝ヒグラシヲ、知っているカ？」

「⁉」

エディックの表情が僅かに強張る。

「どうだろう。もしかしたら新入隊員の中にいるかもしれないが、他の師団の新入隊員の名前までは把握してないものでな。外見的特徴を教えてくれないか？」

ゴネリスはさらに会話で時間を稼ごうとする。

「身長百七十二センチ、体重七十キログラム。ニット帽を愛用していル。髪の色は茶色」

エディックは堕天使の言葉を聞き、違和感を抱いた。

（コイツ……なぜここまでランマに詳しい？）

「もう一度問いますス、ランマ＝ヒグラシを知っていますカ？　正直に答えればバ、命は取りません」

「知らねぇな」

エディックはしたり顔で言い放った。

彼は、決して勇者ではない。

今も足は震えているし、汗は止まらない。

それでも、仲間を売ることはしなかった。

「正直に答えたから見逃してくれよ」

「残念でス……あなたハ、嘘をついていル」

堕天使が異様なオーラを纏う。

「転生術〝鬼人道《きじんどう》〟‼」

ゴネリスは転生術を行使。体が真っ赤に染まり、額から角が生える。

エディックはシムルグを召喚する。

「来い、シムルグ！」

堕天使は召喚陣を展開し、首に掛けた十字架をそこに投げ入れる。

光り輝く召喚陣から現れたのは海のように青い槍。

「天界礼装〝遊槍《ゆうそう》クモユラ〟」

ゴネリスは槍を注視する。

（堕天使は自らの神力《しんりょく》を凝縮させたロザリオを召喚陣に投げ入れることで、自らの魂を切り分け作成した天界礼装を召喚できる。天界礼装はその堕天使の半身……これだけの圧力を持つ堕天使の礼装だ。かなりのブツのはず――）

――ポトン。

間抜けな音がゴネリスの耳に届いた。ゴネリスは音の方を見る。

――ゴネリスの右腕が、そこに転がっていた。

背後には、縦回転している青い槍がある。

今の一瞬で、槍は回転しながら迫り、ゴネリスの腕を斬り落としたのだ。

「ゴネリスさん⁉」

「……自在に動く槍、ってわけか……！」

傷口はとても綺麗なもの。血が遅れて飛び出すほどに、痛みが遅れるほどに、鮮やかな切り口だ。それほどの切れ味。

堕天使の手元に槍が回転しながら戻っていく。

堕天使は一瞬でゴネリスとエディックの前まで移動し、槍を振り回す。

「演舞〝獅子乱雲《ししらんうん》〟」

縦横無尽、自在の斬撃が二人の全身を斬り裂いた。

（速い⁉　斬撃の軌道がまるで見えないっ！！？）

ゴネリスが想定していた階位は２００～３００位。しかし目の前の敵はそれを凌駕する。

すでにエディックもゴネリスもズタボロだ。

それでもゴネリスは残った左手でエディックの首根っこを掴んだ。ゴネリスは最期の力を振り絞り、

「う――――おおおっっ‼」

エディックを遥か彼方に投げ飛ばした。投げ飛ばされたエディックの下に、シムルグが駆け付け拾う。

「ゴネ……リスさん……‼」

「……逃げろ、エディック……助けを――」

シムルグの背に乗って逃げるエディック。

「くそ！　くそ！　なんなんだ、あの化け物は‼」

空を駆けるエディック。

だが、

「ぬぐっ⁉」

エディックの脇腹から、槍が生えた。

エディックは脇腹を見る。堕天使の青の槍が脇腹を貫いていた。

振り返ると、まだ堕天使は船の上にいる。だがすぐさま背に鉄で作った翼を生やす。飛び立とうとする堕天使、しかし堕天使は立方体の結界に囲まれ、飛び上がることができなかった。

エディックはその隙に急いで船から離れ、脇腹から槍を抜き、海に捨てる。

「はぁ……はぁ……はぁ……！　くそ、こんなとこで死ねるかよ。俺はまた……アイツと……！」

エディックは命からがら堕天使から逃げた。ただし、その身はすでに――

＊＊＊

「突然、その堕天使は現れた。全身、金属の堕天使だ。ゴネリスさんのおかげで俺だけ逃げられた……けど、他の奴は多分、全滅だ。あの船で一番強いゴネリスさんでさえ、一方的にやられたからな……敵う奴はいない」

「……エディック……」

「堕天使は自在に動く槍を使う。目で追えないほどの速さで……！　奴の狙いは、お前だ。ランマ。奴はお前を探していた……！」

「!?」

エディックはゴフっと血を吐き、薄く笑った。

「……なぁ、ランマ……ロンドンに着いたら戦うって約束、忘れてねぇだろうな？」

「ああ」

「……俺はここに、助けを求めに来たんじゃない。忠告しに来たんだ。逃げろ、ランマ。絶対に無事に、ロンドンに辿り着け……！　俺との……約束を、果たすために」

エディックはランマの胸倉を掴み、声を振り絞る。

「絶対、絶対だぞ……！　約束破ったら、ぶっ殺すからなぁ……！」

「わかった。絶対に逃げる。無事に、ロンドンへ辿り着く」

「ははっ、わかりゃいいんだよ。……俺は、ちょっとだけ寝るぜ。ロンドンに着いたら……起こし――」

エディックの瞳から生気が消えた。

ランマはエディックの瞼を手で下ろし、寝かせ、立ち上がる。

「俺は……第一師団の船に行く」

ランマは振り返り、四人の前で言い放つ。

「ダチの仇討ちだ」

第十一章　うっせぇなぁ!!!!!

「船の進路を第一師団のいる方へ！　早く行かないと、どんどん被害が……！」

「待ったランマちゃん、焦り過ぎだ。状況を一度整理して……」

「悠長に構えてる場合かよ！　俺は一人でも行くぞ。確か小舟があったよな、それで……」

　ランマの手首と足首を、結界の拘束具が縛る。

「⁉　この術は……！」

「落ち着けアホ」

　甲板に出てきたミカヅキがなだめる。

「今すぐに第一師団の船に行くのは無謀だ。許可はできない」

「どうして⁉　こうしている間にも、誰かが殺されてるかもしれないんだぞ！」

「夜の海のど真ん中だぞ。翼のある堕天使ならいざ知らず、俺たち人間にとっちゃ最悪のロケーションだ。他の師団と連絡を取って、協力して攻略する必要がある」

　ミカヅキの言葉にフランベルは頷く。

「ミカヅキさんの言う通りですわ。対策もなしに行くのは愚策かと。相手はC級のゴネリスさんを一方的に倒せるレベルの堕天使……推定階位は４００位を超える。あなた一人で行ったところで瞬殺されて終わりですわ」

ランマは唇を噛みしめ、焦りを押し殺す。

「……わかった。悪い、冷静じゃなかったよ」

ランマが落ち着きを取り戻したのを見て、ミカヅキはランマの拘束を解いた。

「お前らは外の警戒をしといてくれ。俺は他の師団に今の情報を共有する」

ミカヅキは連絡を取るため船内に戻る。

ランマはポケットからコインを取り出し、手元で遊ばせる。

「そんなに怒るってことは、よっぽど大切だったんだな。エディックって奴のことが」

顔に化粧を施しながらウノが聞いてくる。ランマはコインを見つめつつ、

「……どうだろうな。そこまで大切な人間じゃないと思うぞ」

「えっ⁉」

「騙されてたし。かなり酷いことも言われた」

「そう、なのか？　じゃあなんでそこまでぶちぎれてるんだ？」

「ただ……アイツは、よく俺の家に遊びに来てさ、一人っきりの俺に飯とか差し入れしてくれたんだ。学校で孤立していた俺に、ずっと話しかけてくれていた。悪気だけじゃそこまでできなかったと思うんだ。もう……今となってはアイツの真意なんてわからないけど」

ランマは照れくさそうに頭を掻く。

「……いや、やっぱり俺はアイツのこと、大切に思ってたんだ。もう一度、親友になりたいって……どこかで思ってたんだ」

「そっか」

ウノはランマの背中をポンと叩き、それ以上なにも言わなかった。

待つこと五分。ミカヅキが甲板に出てくる。

「他の師団と連絡を取った。結論から言おう」

ミカヅキは冷たい顔つきで、

「――すべての船は第一師団の航路を避け、ロンドンに向かう。以上だ」

全員が驚きの表情を浮かべた。

ランマは一人飛び出し、ミカヅキの胸倉を掴み上げる。

「ふざけんな……！　なんだよそれ‼　第一師団は見捨てるってのか⁉」

「……他の全師団が第一師団の船に生存者はすでにいないと判断した。俺も同意見だ。助けに行ったところで無駄だ。救助隊はロンドンで編成する」

「アンタ、第一師団に知り合いいたよな。リーニャっていう」

「それがどうした？」

「助けに行きたくないのか？　ジッとしてられんのかよ！」

「もう決まった――」

「それが真意かよ！　本音なのかよ！」

「……いや、だから」

「ミカヅキさん‼」

　プツン、と、ミカヅキの頭の中で、なにかが切れた音がした。

「ミカヅキさん？」

　イヤな予感を感じ取ったスウェンが、恐る恐るミカヅキの名を呼んだ。

　ミカヅキは大きくため息をついたあと、大きく息を吸い、

「……だあああああああああああああっっ！！！　もううっせぇなぁ！！！！！」

　ミカヅキは何かがはちきれたように叫ぶ。

「行くよ！　行きゃいいんだろ！　あぁそうだよ！　俺もジッとしてられる性分《しょうぶん》じゃねぇよ！　でも俺はこの小隊のリーダーだからぁ！　冷静沈着にいろいろ考えたけど……もうめんどくせぇ！　やりたいようにやる！　全滅したらごめんってことで！」

　ミカヅキは頭を掻きむしり、イライラから大きく舌打ちする。

　スウェンは腹を抱えて笑う。

「ははっ！　そうこなくっちゃ！」

「ミカヅキさん⁉　ちょっとお待ちを！　わたくしは巻き込まれるのはごめんです！」

「知るか！　この船に乗ったのを不幸に思え！　……スウェン、フランベル、ウノはこの船の防衛に残れ！　第一師団の船には俺とランマ、それにステラで行く！」

　ミカヅキはステラの方に目を向け、

「嫌なら残ってもいいぞ、ステラ。強制はしない。はっきり言って生存率は五％以下だからな」

「行きます。堕天使に好き勝手にやられるのは腹が立ちますから」

「了解だ。救出班は今のうちに飯をたらふく腹に入れとけ。十分後、俺の結界を足場に第一師団の船まで行く」

「十分も待つのかよ！　俺とステラはさっき飯食ったし、もういけるぞ！」

「うっせぇ！　俺が腹減ってるんだよ！　それにある程度はこの船で第一師団のいる場所まで近づきたい。あっちの先行具合から言って、俺の結界が届く範囲まで近づくのに十分はかかる。まぁ、あっちの船が止まってるのが前提の話だが」

「この船であっちの船まで行けばいいのでは？」

スウェンの疑問に対し、ミカヅキは首を横に振る。

「駄目だ。こっちの船は絶対に失うわけにはいかない。この海の中、船が二隻とも沈んだらジ・エンドだ。たとえ堕天使を倒せても全滅だからな。ただでさえ激戦になることが予想される。流れ弾で船が沈んだら最悪だ。接近するのはリスクが高すぎる」

「船が沈んでも最悪泳いでロンドンまで行けばいいのでは？」

フランベルが聞く。

ミカヅキは呆れたように、

「んな芸当できるのはテメェぐらいだ貧乏令嬢《ゴキブリ》」

「む……」

不満を表情に出すフランは無視し、ミカヅキは手を叩く。

「話は終わりだ！　各々準備しろ！」

「「了解‼」」

＊＊＊

月明かりが降り注ぐ船首にステラは立っていた。

瞼《まぶた》を十倍スコープに変え、海の先を見る。

「……見つけた。北東約八〇〇メートル先に蒸気船一隻」

ミカヅキは海の上に結界を出し、その上に降り立つ。ランマも同じ結界に降りる。

「……これだけ近づけば十分。――行くぜランマ！　覚悟はいいな⁉」

「うす！」

ステラも結界の上に下りる。

ミカヅキは結界を第一師団の船の方へ伸ばす。

「走れ！」

ミカヅキの号令で、三人は結界の上を走り出す。

ミカヅキを先頭にランマ、ステラの順だ。

伸びた結界は第七師団の船の方から消滅していく。

「大きな結界を長時間維持するのはさすがにキツいからな、端から消してくぞ。遅れたら海に落ちるからな！」

ひたすら結界の上を走っていく一行。

船まであと五十メートルというところで、ミカヅキは足を止めた。

立方体の結界を等間隔で二方向に設置していく。一方は船の甲板に向けて、もう一方は船の中腹にある扉に向けて設置される。

ランマとミカヅキは甲板の方へ、ステラは扉の方へ向かって飛び跳ねていった。

『船の捜索は二手に分かれてやる』

ランマは先ほど甲板でミカヅキが言っていた言葉を思い出す。

『ステラは非常扉から内部に入り、船底から数えて一階から三階の客室フロアを探ってくれ。もし配電盤がやられてたら船内は真っ暗だからな。お前じゃないと捜索ができない。生存者がいた場合は保護しろ。重傷者、すぐさま処置しないとやばい奴がいたら外に向けて発砲しろ』

第一師団の船は四階構造。

四階が操舵室、一階から三階が客室やレストラン、娯楽室となっている。

『俺とランマは堕天使がいた甲板から操舵室にかけて捜索する。初タッグだが、俺がお前に合わせる。テメェは自由に動け』

ランマとミカヅキは甲板に到着する。

月の光に照らされて甲板は明るい。甲板には二人立っていた。

片方は隻腕の男。ガタイが大きく、体毛が濃い。厳格な顔つきだ。

「ゴネリスさん……」

ミカヅキの言葉で、その男がゴネリスだとわかる。

「ようミカヅキ。相変わらず生意気な面だな」

「アンタも相変わらずのゴリラ顔だな」

そしてもう一人は――女性だ。

（あの人って、確か……）

リーニャ。

〈ブルー・ラグーン〉の港で、ミカヅキに絡んでいた女性だ。

「やっほー！　ミカヅキ君。もしかしてもしかして！　助けに来てくれたのかな？」

「……あぁ、そうだよ」

「でも大丈夫だよ。私たちはほら、この通り無事だからさっ！」

ミカヅキは天鏡を出し、二人を映す。

「……」

ランマも天鏡を出し、二人を映した。

――二人の頭上に、輪っかが浮かんでいた。

「ミカヅキさん……」

ミカヅキは間違いがないか、ジッと目を凝らして天鏡を見る。だが何度見ても、二人の頭上には輪が浮かんでいた。

そして、諦めたように手鏡を閉じ、ゴネリスとリーニャを睨みつけた。

「殺《や》るぞ」

平静を装ってはいるが、あらゆる感情を押し殺しているのは付き合いの浅いランマでもわかった。

ただ、今、自分の心配を口にするのはミカヅキに対して失礼に当たる。

「――はい」

今はただ、目の前の敵に集中するのみ。

「へぇ、私と戦うんだ……今日で同盟は解散、かな」

「……不本意ながらな」

＊＊＊

ランマ、ミカヅキと分かれたステラは真っ暗な船内の捜索を始める。

一つ一つの部屋をしらみつぶしに探すも、人っ子一人見つからない。

「どういうことだ……？」

ステラの脳裏に、疑問が浮かぶ。

（ミカヅキの話だと乗員はエディックを除いて五十二名。なのに、誰もいない。死体すらねぇ。血痕や争った跡もない。どこかにまとめて避難しているのか……？）

手がかりを探し、ステラは捜索を続ける。

＊＊＊

一方、第七師団の船のすぐ側で水しぶきが上がった。

甲板に、一体の堕天使が舞い降りる。全身ずぶ濡れで水が滴っている。

全身金属質の堕天使だ。

「やぁ」

待ち受けるはグレー髪の少年。

少年は呑気に座ったまま、堕天使に笑いかける。

「泳いできたのかい？　珍しいね。堕天使なのに空じゃなく海から来るなんてさ」

「飛行は集中砲火をもらう可能性があるのデ」

「へぇ。一応僕たちのことを警戒してくれているんだ」

グレー髪の少年、スウェンはゆったりと立ち上がり、足元に転生陣を展開する。

「おひとりですカ？」

「うん。そうだよ」

「ランマ＝ヒグラシがここにいると聞きましタ。どこに隠したのですカ？」

「あっはは～。教えてあっげなイ♪」

スウェンに黒炎の腕が生える。

「転生術〝骸炎《がいえん》〟」

「天界礼装〝遊槍クモユラ〟」

堕天使は槍を召喚し、構える。

――瞬間、槍がスウェンの顔面目掛けて飛んでくる。その速度は常軌を逸しているが、スウェンは黒炎の腕で槍を弾いた。

「防ぎますカ」

「次は僕の番だよ」

スウェンは堕天使に駆け寄り、骸炎を振るう。堕天使は飛び跳ねて躱す。

（〝骸炎・牡丹《ぼたん》〟）

スウェンは十メートル先の宙にいる堕天使に向かって再度黒炎の右腕を振るった。同時に、黒炎の右腕から炎球が飛ぶ。腕からはじき出された黒炎の塊が堕天使の腰に当たった。堕天使は攻撃を受け、空中で僅かに体勢を崩す。

堕天使のコートの腰部分が焼け落ちる。

「!?」

コートが灼け、微かに見えた腰には――１００の数字が刻んであった。

（１００番《ワンハンドレッド》……！）

「なるほド。先ほどの相手とは格が違うようダ」

甲板に着地した堕天使と、スウェンは向かい合う。

（第三階位の頂点か。彼女の魔力が戻るまで、凌ぎ切れるかな……）

「愚かなリ。人ガ、我々に勝てるはずなどないと言うのニ、なぜ逆らうのカ……」

第十二章　凡人同盟

〈コックステール王国〉北東に位置する街、雪国〈キール〉。この街では一年中雪が降り、街は真っ白に染まっている。

当時十四歳のミカヅキ＝アリアンロイスはこの〈キール〉にある結界士専門学校に通っていた。

ちなみにこの時の彼は今のようなストレートパーマではなく、アフロ＆サングラスである。

雪の降る中、ミカヅキが一人学校の中庭にある木の下に座り教本を読んでいると、彼女が現れた。

「君がミカヅキ君？」

鼻元のそばかすが特徴的な少女。

ミカヅキは教本から目を離さず、「誰だテメェは？」と冷たく言い放つ。

「リーニャ＝レッキス。一応、同じクラスなんだけど……知らない？」

「知らねぇな」

「……あっはは～、不愛想だねぇ。君」

普通はここでミカヅキから引き下がる。

だが彼女はまだ、そこを離れようとしなかった。

「ねぇねぇ君さ、法陣《ほうじん》付きの結界が出せないって本当？」

法陣とは、結界に付与される特殊効果のことを言う。

結界内にいる者に何らかの強化作用、あるいは弱体化作用を及ぼしたり、結界そのものに感電効果や炎熱効果を与えたりするものがこれに当たる。法陣は努力で身に付けることはできず、生まれつきの才能で決まる。

ミカヅキは法陣を持たず生まれた存在。つまり、彼はただの空箱《からばこ》――特殊効果のない結界しか発生させることができない。

通常は法陣ありと法陣なしの二種類の結界を結界士は作成できるが、ミカヅキは後者のみしか作れない。

自分にとって最大のコンプレックスを刺激されたミカヅキは教本から目を離し、睨みつけるようにリーニャを見た。

「だったらなんだ？　……俺は、たとえ空箱しか出せなくても誰よりもすげぇ結界士になる！　舐めてっとシバくぞコラ‼」

「舐めるなんて滅相《めっそう》もない！　だって私も空箱しか出せないもん」

「っ⁉　そう、なのか」

初めて見る同じコンプレックスを持つ相手に、ミカヅキは勢いを削がれた。

リーニャは右手を差し出す。

「ん」

「はぁ？」

何となく、反射的に、ミカヅキはリーニャの手を摑んだ。

「はい！　凡人同盟結成ね！」

「はぁ⁉　なんだそりゃ！！？」

「君と私はこの学校でたった二人の空っぽ、凡人でしょ？　これから二人で協力して勉強してさ、天才たちを抜いちゃおうよっ！」

「ふっざけんな！　俺は凡人じゃねぇ‼　テメェの協力なんざいらねぇんだよ‼」

「へぇ～、じゃあ君さ、こういうのできる？」

リーニャは人差し指と中指を合わせ、天に向ける。

するとミカヅキの手首と足首に結界の錠が掛けられた。

「なっ⁉」

「名付けて〝四肢括履《ししくくり》〟！　えっへへ～、抜けられないでしょ？」

「くそ！　このっ！」

ミカヅキは錠を剝がそうとするが、結界は強力で、抜けられない。

（一瞬で三つの結界を展開してこれだけ形を弄るなんざ並じゃねぇ！　しかもこの強度……コイツ、すげぇ‼）

「同盟に入るなら、この技、教えてあげてもいいよ」

どや顔するリーニャ。

ミカヅキは唇を嚙みしめ、悔しさを押し殺す。

「……わかった。少しだけ、その同盟に入ってやる。少しだけな！」

「やったー！　じゃあ早速聞きたいことがあるんだけどさ……」

「待て！　まず俺からだ！　今の技のことだが……」

それから二人は幾度となく議論を交わし、共に成長した。

互いに師でありライバルであり、そして、かけがえのない友人だった。

＊＊＊

いつかの記憶を噛みしめながら、ミカヅキは結界を生成する。

「転生術《7番》〝鬼人道〟!!」

「コウリュウ!!」

ランマは結界を足場に飛び上がった。すると、同じようにリーニャに足場を作ってもらったゴネリスがランマに向かって飛びかかってくる。

ミカヅキは空中に多数の結界を張る。リーニャも結界を張る。結界を足場に、蛇腹剣を持ったランマと鬼と化したゴネリスが空中戦を繰り広げる。

ゴネリスのとびぬけた身体能力による乱打をランマは躱し、剣を振るう。ゴネリスもそれを躱す。

（あの野郎、ゴネリスさんと同等にやりあってやがる……！）

ミカヅキはランマの動きを見て、心の内で称賛する。

（ここに来るまではこいつのこと、落ち着きのない奴だと思っていたが……いざ戦闘になると至って冷静……いや、集中していると言った方が正しいか）

一方、ランマはランマで、ミカヅキに対し賛美の感情を抱いていた。

（すげー。欲しい場所に欲しいタイミングで結界の足場ができる。俺が捌き切れなかった打撃を結界で弾いてくれている）

言葉も交わさず、

視線も合わせず、

自分の意のままに結界を出してくれている。

はじめて組むのに完璧に意思疎通できている。

ミカヅキの経験が為せる業だ。

（思いっ切りリードされてるな。ちょい悔しいけど、ちょっと気持ちいいな……！）

まるでダンスのリード。

ランマに次の道筋を教え、それでいてランマが行きたい道筋は尊重する。

（これが一流の結界士か……！）

しかし、一流の結界士が付いているのは相手も同じ。

「……」

現在、戦いは拮抗している。だがそれも時間の問題。

この状況が続けば敗北するのはランマたちの方だ。コウリュウに変化したミラはかなりの魔力を消費する。ゴネリスの方はまだまだ魔力に余裕がある。長期戦を仕掛けるのは悪手でしかない。

それがわかっているミカヅキは、早々に動いた。

ランマとゴネリスが海の上空まで戦場を移した瞬間、ミカヅキはリーニャに向かって駆け出し、手元に結界の剣を作る。

「結界刃《けっかいじん》ッ‼」

刀身が婉曲し、刃が三日月のような形をした剣だ。

「結界槍《けっかいそう》」

リーニャは結界で槍を作り、ミカヅキの刃を受ける。

「……やっぱり、そう来ると思ったよ。ミカヅキ君」

ミカヅキとリーニャは海の上に巨大な板状の結界を作り、ランマとゴネリスの足場を確保して目の前の敵に集中する。

一時的にランマとゴネリスはサポートを失い、結界の足場の上で一騎打ちを始めた。

ミカヅキは甲板を足で踏み鳴らし、リーニャの足元から結界で作った棘を発生させる。棘は伸び、リーニャを穿とうと迫る。

リーニャは頭の上に固定型の細長い結界を発生させ、結界を鉄棒代わりに使う。結界の棒を摑み、そのまま半回転して結界の上に足を乗せた。

リーニャは左手を振り、立方体の結界を五つ発生させミカヅキに向けて伸ばす。ミカヅキは足元から結界をせり上がらせてこれを回避し、リーニャに飛び掛かる。

「やるね！　実を言うと、こうして君と一度、全力で戦いたかったんだ！」

二人は空中で武器をぶつけ合い、ガキン！　と弾き合った。

「俺もだよ。白黒付けようじゃねぇか、リーニャ‼」

同時に甲板に着地する。

「久しぶりにあれやろうかミカヅキ君！　押し合いっこ！」

リーニャは自身を囲うように立方体の結界を発生させ、それをそのまま肥大化させていく。

「ちっ。仕方ねぇ！　付き合ってやるよ！」

ミカヅキも同じように結界を発生させ、膨らませる。

結界同士がぶつかり合い、互いに押し合う。

「うおおおおおおおおっっ‼」

「はあああああああああっっ‼」

互いの結界にヒビが入る。しかし、

――パリン‼

先に壊れたのはミカヅキの結界だった。

「私の勝ちだね！　ミカヅキ君！」

そのままリーニャは結界を膨らませる。

結界を避けるため、ミカヅキは一度後退するだろうと読んでいたリーニャだったが、ミカヅキは退くことなく、むしろ前進してくる。

「馬鹿だね！　生身で結界に突っ込むなんて……！」

ミカヅキはそのまま結界を殴りつけ――ぶち壊した。

「えっ⁉」

予想外の事態。

リーニャはミカヅキの能力をよく知っている。身体能力は低くはないが、肉体と強化魔法だけで自身の結界を破れるほどのパワーは出せない。

にもかかわらず、ミカヅキは生身で結界を破った。

リーニャは慌ててバックステップを踏もうとする。ミカヅキはリーニャの動きを先読みし、長く伸ばした結界をリーニャの足の後ろに設置、後ろへ動いたリーニャの足を結界で引っ掛けた。

「しまっ……⁉」

リーニャの体勢が崩れる。

ミカヅキは結界の剣を手に、迫る。

「まだぁ‼」

リーニャは指を前に出し、力を振り絞る。

「〝四肢括履〟‼」

手足首を結界で縛るリーニャの得意技。

ミカヅキの手足と首に結界が生成される途中で……パリンと音がして、リーニャの結界が弾かれた。

リーニャはそこで気づく。ミカヅキが自分の体に、纏うように結界を作っていることに。

「結界の、鎧《よろい》……」

結界を生み出す座標に、予期せぬ不純物があると結界は生成できずに自壊する。ミカヅキの結界の鎧によって、リーニャは座標確定の計算をミスり、結界を自壊させてしまった。

――ザク。

ミカヅキの刃が、リーニャの胸に突き刺さる。

飛び散る血潮に目もくれず、ミカヅキはリーニャの顔を見つめる。その瞳は、哀しみに満ちていた。

「……やっぱり、君は私とは違うね……」

リーニャは優しく、ミカヅキの頬に手を添える。

「今日で、凡人同盟はおしまい、だよ」

「……」

「安心して。きみは、凡人なんかじゃ、ない……きみは、天才、だよ……！　私が、保証、するから……」

リーニャは最期に、微笑んだ。

「だから……自分を、愛して、ね……」

ミカヅキは走馬灯のように彼女との思い出を振り返り、ただただ感謝を込めた言葉を贈る。

「――ありがとう。お前がいたから、俺は……自分を嫌いにならずに済んだ」

結界の剣が消え、リーニャがその場に倒れる。

船上の戦い、ミカヅキVS.リーニャ。勝者――ミカヅキ。

第十三章　ランマVS.ゴネリス

結界の上。

ランマとゴネリスは近距離で打ち合う。

ランマの最強の手札、コウリュウが真価を発揮するのは中距離。接近戦を強《し》いられる以上、ランマは一度コウリュウを封印し、剣《2番》・槍《3番》・盾《4番》を上手く切り替えて戦う。

ゴネリスは肉弾戦のごり押し。これが単純ながら強力。

（このおっさん、こんなボロボロなのに何でこんな動けるんだ⁉）

もしもゴネリスの体が万全ならば三度は殺されている。

背筋を伝う悪寒を抑え込み、ランマは集中力を高める。

（トリックプレーを仕掛けたいが、この人かなり警戒心が強い。冷静でいる間はリスクの高い行動は控えよう）

現在二人がいる結界の半分の面積はミカヅキ、もう半分をリーニャが担当している。しかし今、リーニャが担当する結界が壊れた。

「⁉」

リーニャが絶命したことで、結界が維持されず壊れたのだ。リーニャ側の結界に立っていたゴネリスは足場を失い海に落下した。

「コイン」

ミラをコインに変え、手元で遊ばせる。

ふとミカヅキの方に目をやると、ミカヅキが結界の刃でリーニャを突き刺していた。

（ミカヅキさんの方はケリが着いたか。さぁ、どうしよっかな！）

あとは時間を稼げばミカヅキのサポートが復活し、ゴネリスを倒せる。

とは言え、ゴネリスがそれを許すはずもない。

「うおおおおっ‼」

ゴネリスは海から飛び上がり、結界の上に着地。猪突猛進《ちょとつもうしん》。捨て身の突撃を繰り出す。

（やっぱそう来るか。なら――）

ランマは下手投げでミラが変化したコインをさりげなく、小さな動作で投げる。

コインはゴネリスの右足の横を通り、彼の後ろに設置される。

（一撃。たった一撃でいい、相手の動きを一瞬止めるだけの一撃でいい‼）

ゴネリスの筋肉の動き、視線の動き、これまでの戦闘で見せた癖や型から、相手の次の動きを予知する。

（集中集中集中集中集中――！）

限界まで集中力を高めたランマの鼻から、血が滴《したた》る。

ゴネリスの右ストレートのフェイントからの、左の蹴り。

ランマはフェイントを鼻で笑うかのように構わず前進し、左の蹴りが自身に当たる前に、ゴネリスの鼻頭を叩く。

「……ぬっ⁉」

「だっしゃあ！！！」

ランマの極限の集中力が為せる刹那の先読み。

「――コウリュウ《7番》‼」

ランマが指を上げて叫ぶと、先ほどゴネリスの背後に投げたコインが蛇腹剣に変化。

蛇腹剣は伸び、後ろからゴネリスの胸の中心を突き破った。

「ぐふっ！！？」

宝箱状態のミラを見ればわかるように、ミラは擬態した状態でも多少は動ける。

コウリュウの姿でも刀身《体》を伸ばしたり、小さく飛び跳ねたりはできる（空を飛ぶ。海を泳ぐなどは不可能）。

通常のコウリュウと違い、所有者の手を離れてもこういう動きができる。ミミックの強みの一つである。

「……まだ、だ……！」

「鋼剣《2番》」

ランマは蛇腹剣のワイヤー部分を掴んで鋼の剣に変化させ、それを振り下ろしゴネリスにとどめを刺す。

「……ありがとう……」

ゴネリスは震えた声で言う。

「……帰れなくて……ごめん、な」

最期にそう言い残してゴネリスは倒れた。

ゴネリスのすぐ傍に、開いたロケットペンダントが落ちていた。

（さっきの一撃で落ちたのか）

ロケットペンダントの中には、幼い女の子と抱き合うゴネリスの写真があった。

おそらく、彼の娘だろう。

最期に言い残した言葉が向かっていたのは、きっと、

「……」

ランマはゴネリスとロケットペンダントを拾って、船に戻った。

＊＊＊

ランマとミカヅキは甲板で合流する。

「さて、と。とりあえずここは片付いたな」

「やめてくれ……そんな言い方……」

「罪悪感に浸るのは後にしてくれ。お守りしてる暇はない」

俯くランマにミカヅキは冷たく言う。

「これだけ暴れたのに堕天使が現れねぇ。中から戦闘音も聞こえない。潜伏する意味はねぇから、

十中八九どこかへ移動したか……」

　ステラが戦闘を開始すればその銃声ですぐさま中で戦闘が始まったとわかる。だがそれがない。

ミカヅキは船内に敵がいないと八割方決めつけた。

「俺たちも中に入るぞ。ステラと合流する」

　船内に繋がるドアがパタンと開き、中からステラが現れる。

「ステラ！」

「中はすべて洗い終わったのか？」

「ああ。もぬけの殻。人間も死体も眷属も堕天使もいなかったぜ。代わりに、いろんな部屋にこれが置いてあった」

　ステラは五枚の紙をミカヅキに渡す。

どの紙にも書いてある文字は同じ。どれも見慣れない、読めない文字で書いてある。

「これはウチで使ってる暗号だな。えーっと、書いてあるのは座標だな」

「もしかして、そこに船員を避難させてるんじゃ？」

ランマが聞く。ミカヅキは頷き、

「その可能性は高い。が、まずは第七師団の船と合流する。向かうのはそれからだ」

ランマ、ミカヅキ、ステラは蒸気船を動かし、第七師団の船の方へと向かう。

＊＊＊

――第七師団の帆船、甲板にて。

槍を手に持ち、無傷のワンハンドレッド。

相対するスウェンは血みどろだ。全身を斬り刻まれている。だが傷はどれも骨や内臓までは届いておらず、重傷には至ってない。

戦闘開始から約十分、スウェンは一人で堕天使を抑えていた。

「ふーっ！　やっぱ君クラスになるときっついねーっ！　しんどいや」

「……何のつもりですカ」

堕天使は表情筋含め全身金属質、ゆえに表情はわからないが、戸惑っているのは声の調子からわかる。

「貴方は全力を出していなイ。なぜでス」

「そういう君こそ、全力を出してないように見えるけど？」

「……望みとあらバ」

ギアを上げ、急速接近してくる堕天使。堕天使の手を離れ、勝手に攻撃してくる槍。堕天使はスウェンの背後に回り、打撃を繰り出そうとする。

スウェンは骸炎を動かし、二手に分かれた堕天使と槍の攻撃を凌ぐ。だが状況は二対一のようなもの。攻撃を受けきれずスウェンの左肩が槍に裂かれ、血が飛び散る。

「所詮は人間、このてい――」

「天界から逃げてきた堕天使《ハエ》が。あまり調子に乗るなよ……」

「！？」

血みどろの少年の小さな睨み。その圧力におされて、堕天使はスウェンから距離を取った。

同時に、堕天使は気づく。いつの間にか甲板にゾンビが現れていることに。

気配は一切なかった。召喚術を発動した反応もなかった。なのに、ゾンビが大量に溢れてきている。すでに数は二十を超える。

不測の事態に堕天使は動揺する。

「……一体どこから……！」

堕天使は槍でゾンビを薙ぎ払う。ゾンビはいとも容易く斬り裂かれた。ゾンビ一体一体の戦闘力は大したものではないと判断した堕天使は動揺を消す。

「烏合《うごう》の衆、恐るるに足らズ……」

「ねぇ君、ゾンビの別名を知っているかい？」

スウェンは骸炎《右腕》を床につける。

「……？」

「生きる屍《しかばね》さ。そして、骸炎は……」

――骸《屍》を燃やし、強くなる。

「――〝骸炎・万華鏡《まんげきょう》〟」

船の甲板に黒い炎が広がる。その炎の模様はまるで万華鏡の内側に映される花弁のよう。

危険を察知した堕天使は背から翼を生やし、空へ逃げる。

ゾンビたちは炎に焼かれ、足元から溶けていく。ゾンビが溶ける度、骸炎から発せられる圧力が強くなっていく。

堕天使はすぐさま逃走を始めた。空を駆け、船から離れる。一瞬にして逃げを選択させるほどの強大な力を骸炎は放っていた。

吸収を終えたスウェンは骸炎《右腕》を前に出し、手のひらの前に真っ暗な球を生み出す。骸炎《右腕》は次第に崩れていき、代わりに黒球に宿る魔力が色濃く禍々《まがまが》しくなっていく。

地面に残った万華鏡から、黒い粒子が発生し、球に吸い込まれていく。同時に粒子はスウェンの傷に吸い込まれ、傷を癒していった。

スウェンの黒炎の右腕は消え去り、球に骸炎のエネルギーが収束する。

スウェンは生身の左手を黒球に添える。

「〝骸炎・千輪《せんりん》〟」

黒球が発射される。

その速度は堕天使の飛行速度を優に超えている。堕天使は逃げきれないと見るや、体を反転させて球に向かって槍を投げた。

——演舞〝一気《いっき》葬雲《そううん》〟。

フルパワーの投擲《とうてき》。

槍が黒球に触れると、黒球はあっさりと分裂した。

分裂してできた無数の球はどれも赤、橙、黄、緑、青、藍、紫のいずれかの色になり、堕天使に向かって飛んで行く。

〝骸炎・千輪《せんりん》〟は発射後数秒で黒球が分裂し、無数の追尾弾となって敵を殲滅《せんめつ》する技。迎撃及び回避困難の奥義だ。

堕天使は避けきれず、体に大量の球がめり込む。

「……！！？」

「弾《はじ》けろ」

スウェンが呟くと球は弾け、煌びやかな火花が空を彩った。

爆発音が遠方の空で続けざまに鳴り響く。

スウェンは空を微笑みながら眺める。

「綺麗な花火だ……」

スウェンは振り返り、「もう出てきていいよ」と声を掛ける。

スウェンの声が船の上に響くと、マストの裏側からウノとフランベルが現れた。

「うまくいきましたわね」

「あー、緊張した。せっかくこんな美女と密室で二人っきりだったってのに、ロクに楽しめなかったぜ」

フランベルは長く船を操縦していたことで疲弊していた。

エディックが来たのはちょうど魔力を切らしたフランベルが休憩に入るタイミングだったのだ。

強敵ならばスウェンの骸炎とフランベルのゾンビによるコンボは必須。スウェンとフランベルは話し合い、フランベルの魔力が回復するまでウノの〝タネも仕掛けもある箱《インビジブルボックス》〟でフランベルを隠すことにしたのだ。

そして魔力が回復したフランベルはゾンビを展開したわけだ。

「それで、倒せたのかい？」

ウノが尋ねる。

「手ごたえはあったけど倒せてないね。飛び去る影が見えた。けれど、ぱっと見、腰から下はなくなってたし、ダメージはかなり受けていた。間違いなく撤退したと思う」

「……100番《ワンハンドレッド》。ゴネリスさんや第一師団の方々が敗北するわけです」

「その化け物相手に、十分以上単騎で耐えたお前はなんなんだよ」

「ははは。さすがにギリギリだったけどね」

ウノは目の前の青年に人知れず畏怖を抱いていた。

（結果的に無傷かつ、魔力もほぼ全快。この野郎、底が見えねぇ……）

スウェンは視線の先に船を発見する。

「あっちも終わったみたいだね」

近づいてくる蒸気船の上には手を振るランマの姿がある。

「堕天使や眷属に乗っ取られている可能性はありませんの？」

「どうだろうね。すぐにわかるさ」

ランマ、ミカヅキ、ステラ。

スウェン、ウノ、フランベルは無事合流を果たした。

＊＊＊

第一師団の船の甲板に全員を集合させ情報交換を済ませると、ミカヅキは指示を出し始めた。

「これから第一師団の船を使って紙に書かれた座標に向かう。ただウチの船を放置するわけにもいかねぇ。ランマとスウェンは帆船に残って船を動かさず待機、残りは第一師団の船だ」

ランマとスウェンはミカヅキの指示通り第七師団の船に戻る。

波音が聞こえる甲板で、ランマは座り込み、呆然と月を眺めていた。

「暗い顔だね」

ホットミルクを一つ頭に載せ、もう一つを手に持ってスウェンがやってきて、ホットミルクの入ったカップをランマに差し出した。

「さんきゅ」

ランマはカップを受け取り、膝の上に載せた。

「どうかした？　悩みがあるなら聞くよ。先輩だしね」

「……今回やってきた堕天使、俺のことを探してたんだよな？」

「そうだね。それは間違いない」

「じゃあさ、俺がアイツをこの海に招いたってことだろ?」

ランマはゴネリスのロケットペンダントを手に取り、開く。中にある写真を見て、眉間にしわを寄せた。

「……俺がいなければ……エディックも、ゴネリスさんも、リーニャさんも……俺の、せいだ」

悪意を持って招いたわけじゃない。なぜ自分が狙われていたか、その理由すらわからない。普通の人間なら知ったことかと、自分に責任なんてないと、堂々と言えるだろう。

けれど、ランマは罪悪感を抱いてしまった。愚直すぎる性格ゆえに。

君のせいじゃない。そんな言葉をランマは待っていないと、スウェンは直感する。

「うっざぁ」

……だからと言って、これは断じて正しい慰めではない。

ずーん。と沈むランマ。スウェンは小さくため息をつき、

「うーんと、それならさ、君をここまで連れてきた僕にも責任があるよねー?」

「いや、そんなことは」

「半分こにしよっか。僕も背負うよ、その罪」

「……!」

スウェンは笑顔で言う。

「理由はわからないけど、君は狙われている。だったら、君が今考えるべきことは一つなんじゃない? ――強くなりなよ。今度は全員、守れるように。自分を責めなくてもいいぐらいに、強

くなりな」

温かくも厳しい言葉をスウェンは浴びせる。

今のランマにとって、これ以上ない言葉だった。

「……ありがとな。スウェン」

＊＊＊

ミカヅキは第一師団の船を座標の中心近くまで動かし、甲板に出てウノに声を掛ける。

「ウノ！　もうちょいで目的の場所だ！　こっからは結界で行く。お前も一応ついてこい」

「あいよ」

ミカヅキが張った結界の上を二人は歩く。

座標が示した場所に着くも、何も見当たらない。

「本当にこの場所なのか？　ミカヅキの旦那」

「ああ、間違いないはずだが……」

「⁉　待った旦那！　ホース状の結界が海上に飛び出てるぞ！」

ウノの言葉でミカヅキも目を凝らす。ウノの言う通り、ホース状の結界が海上に突き出している。

その結界の下、海面の下に、多数の人影が見える。

「こりゃ……まさか⁉」

ウノは気づく。

海面の下に立方体の結界があり、その結界に閉じ込められ、隔離されている多数の人間。立方体の結界からホース状の結界が伸び、海上に突き出ている。これは酸素を確保するためのモノだ。

「旦那！」

「結界でここに船員を隔離してたんだ！　これは固定型の結界。動かすのは無理か――」

ミカヅキが結界に触れると、パリン！　と結界が割れた。

「「なっ⁉」」

結界が割れ、中にいた人間が全員海に落ちる。

「なーにやってんだ、旦那ぁ！！？」

「あばばばばばばばばっっっ！！！」

ミカヅキは慌てて落ちた人間を結界で拾っていく。

「ウノ！　片っ端から結界で押し上げろ！」

「あいあいさー‼」

船員四十八名。

結界から海中に落ちた全員が結界に乗って再び海上に浮き上がった。

「な、仲間だ！　仲間が来てくれたっ！」

「ど、どうなったんだ⁉　あの堕天使は……！」

第一師団の人間は怯えた様子で問う。

「堕天使は撃退した。もう大丈夫だ。今の結界は誰の仕業だ？　新人か？」

「ち、違います！」

涙ながらに、女性の射堕天が声を上げる。

「リーニャさん、リーニャさんが……！」

「⁉　リーニャだと⁉」

「はい！　リーニャさんが力を振り絞って結界に私たちを避難させてくれたんです。その後で、堕天使を倒すために船に戻って……それで！」

ウノはミカヅキの横に立ち、

「あんな巨大な結界を設置して、眷属にされても死んでも維持したのか……」

ウノは心底信じられないという顔だ。

「とんでもねぇ集中力、技術、気力……根性、意地。すげぇな、アンタの友達」

ミカヅキは彼女の顔を思い浮かべ、嬉しそうに笑った。

「あァ……天才さ」

こうして長い夜は終わり、朝陽が顔を出した。

第十四章　到着！　異界都市ロンドン！

夜が明けて、早朝。

第一師団の船は元通りに第一師団が乗り込んで航海中。第七師団は全員、第七師団の船に乗っていた。また堕天使が襲ってこないとも言い切れないので二艘の船は並走し、いつでも外敵に対応できるようにしている。

スウェンとミカヅキは見張り台で二人、話していた。

「ランマ君曰く、ランマ君が限界突破の円環《リミットブレイクリング》を持っていると試験前の時点で知っていたのは三人。僕と、ランマ君の担任と、そして――」

「アルヴィス＝マクスウェルか」

ミカヅキは苦い顔をする。

「カラス頭の堕天使とワンハンドレッドは恐らく同じ目的で動いていた。その目的がもしも、ランマ君の召喚陣ならば……黒幕候補は僕を抜いて二人です」

現時点で召喚陣以外にランマの中に希少価値はない。ゆえに、敵の狙いは召喚陣である可能性が高い。

スウェンが万が一ランマを狙っていたのなら、これまでいくらでもチャンスはあった。しかし、今まで動かなかった時点でスウェンは容疑者から排除される。

「勘弁してくれ。アルヴィスを相手にするとなると、射堕天サークル総動員で動かなきゃなんねぇぞ」

「とりあえず本部に相談ですね。僕らの独断で探りを入れるには大物すぎる。慎重にいきましょう」

「ああ。ランマはこの件についてどう推理していた？」

「バーテンダーの堕天使とカラス頭の堕天使の仇討ちにワンハンドレッドが襲来した、と思い込んでいるようです。カラス頭の堕天使、アレの鑑定結果をランマ君は知りません。だから僕らと同じ考えには至ってません。人間が関与しているなんてまったく考えてないですね」

「よし、それでいい。ランマに情報共有はするな。今のアイツが容疑者を知ったら無防備に飛び込みかねない」

「ミカヅキさんは大丈夫ですか？　リーニャさんの仇でしょ。一人で突っ走ったりしません？」

「安心しろ、ガキじゃねぇんだ。確実に奴らを殺せる手札が揃うまで動かねぇよ」

　悪い顔でミカヅキは言う。

「俺は港に着いたら本部に行く。お前はアイツらに〈ロンドン〉の案内をしてやれ」

「どこを案内すればいいですかね？」

「市長が住む〈バッキンガム宮殿〉と射堕天サークルの本部である〈ウエストミンスター宮殿〉はマストだ。あとは〈バラ・マーケット〉に連れていってやれ。かなりハードな船旅になっちまったからな、腹いっぱい食わせてやれよ。金は俺持ちでいい」

「やった！　なーに食べよっかなぁ♪」

「師団長は明日帰ってくる。だから〈ロンドン東部《イースト・エンド》〉に行くのは明日でいい。今日は〈ロンドン西部《ウエスト・エンド》〉のこのホテルに泊まれ。アイツら仮眠しかとってねぇからな、このままあっちに行くのはしんどいだろ」

ミカヅキはスウェンにホテルの住所が書かれた紙を渡す。

「意外に良い上司ですよね、ミカヅキさんって」

「意外じゃねぇよ。どっからどう見てもいい上司だろうが」

「いてっ」

ミカヅキはスウェンの後頭部を叩いた。

＊＊＊

船の甲板から身を乗り出し、ランマ、ステラ、ウノは遥か前方の都市を見ていた。

「「うお～～！！！」」

高くそびえ立つ時計台。精緻《せいち》かつ荘厳な建築物の数々。

街の間を流れる美しい川。川に架かる跳開橋《ちょうかいきょう》。

道はバイクや車、それに召喚獣が引く荷車や召喚獣に跨《またが》る召喚士の姿が混在している。

空には飛行能力を持つ転生士や召喚獣、結界を足場に移動する結界士、さらには気球が飛んでいる。

三十年前に突如として海上に現れた街、未知と夢と欲望が渦巻く海上都市。

現界と異世界の特異点〝異界都市ロンドン〟――

「すっげぇ！　すっげぇぞランマちゃん！　すっげぇ！」

「あぁ！　すげぇな！　マジすげぇよ！　すっげぇ‼」

「……二人とも、語彙が消滅していますよ」

苦労の果てに辿り着いたからこそ感動も跳ね上がる。

「やれやれ、まったく庶民らしい下品なリアクションですわね」

と水を差すはフランベル。

ランマたちはフランベルの姿を見て、唖然とした。

フランベルは帽子、サングラス、マスクを着け、首から上をほとんど認識できないようにしていた。傍から見たら不審者である。

「なにしてんだフラン姫。せっかくの可愛い顔がまるで見えねぇぜ」

「借金取りにバレないようにしてるんだよ」

スウェンがフランベルの後ろから言う。

「そういや、借金取りから逃げてきたって言ってたっけな」

「そう。フランはいろんな場所からお金を借りてるからねー。金ない癖に高いドレスを買うからだよ」

「服にお金を費やせぬなら死んだ方がマシですわ」

「重症でしょ？　召喚術の才能がなかったら、今頃どうなっていたことか……」

はぁ、とため息をつき、スウェンは話題を変える。

「そうだ、みんなに朗報があるよ。ミカヅキさんから今日は一日観光に費やしていいってさ」

「うおっ！　さいっこうだぜ、ミカヅキの旦那！」

「師団長は明日来るから、それまでの暇つぶしだね」

ランマはキョトンとする。

（そっか。あの人に明日、ついに会えるのか……）

ウノはランマと肩を組む。

「どこ行くよランマちゃん！　やっぱりビッグ・ベンは外せねぇよな？」

「びっぐべん？　なんだそりゃ」

「悪いけど、行く場所は決めてあるんだ。でも、そうだね、うん」

スウェンはニコッと笑い、

「最初はビッグ・ベンがある〈ウエストミンスター宮殿〉に行こうか。射堕天サークルの本部になっている場所だよ」

＊＊＊

船着き場に降りた六人はロンドンの街に足を踏み入れる。

久しぶりの地面。眼前に広がる幻想的な街並み。

間違いなく己が生まれた世界なのに、ランマはまったく違う異世界に入ったような違和感に包まれた。

景観だけじゃない。匂いや雰囲気が自分の知るものとまったく違った。

「んじゃ、あとは頼んだぜ、スウェン。俺は先に本部に行ってる」

ミカヅキはどこからか持ってきたバイクに跨る。

「バイクがあと二台欲しいんですけど、どこかにありますかね？」

「第一師団の船の中に二台ある。……ゴネリスさんとリーニャが使っていたやつだ。許可は取ってある、好きに使え」

「わかりました」

「ミカヅキさん」

「？　なんだランマ」

ランマはロケットペンダントをミカヅキに渡す。

「これ、ゴネリスさんの家族に……」

「――おう」

ミカヅキは多くを語らずロケットペンダントを受け取り、ランマの頭をくしゃっと一度撫でた後、一人バイクで去っていった。

「ランマ君」

「――大丈夫だ。もう引きずってねぇ。それよりまさか、バイクで移動するのか？」

「うん！　ここからちょっと距離あるからね。バイク一台に二人乗れるから、三台あればここにいる全員が乗れる」

「ミカヅキの旦那の話だと第一師団の船に二台だろ？　残り一台は？」

「僕のやつが第七師団の船に積んであるから無問題さ。今取ってくるね。っていうか、降りる時に一緒に降ろせばよかったなー。すっかり忘れてた」

スウェンとフランベルがバイクを取りに船に戻った。

「バイク、か……」

ランマはいつかの苦い記憶を思い出し、冷や汗を垂らす。

「スウェンの後ろにだけは乗りたくねぇ……」

「バイクは三台……でも運転できるのはスウェンとフラン姫だけだよな。もしかしてステラちゃまも運転できたり？」

「しません。バイクというのもさっき初めて見ました」

「もちろん俺も運転できないしな。三台目は誰が運転するんだ？」

ランマは「確かに」と首を傾げる。

「お待たせ」

スウェンがバイクを引きずってやってきた。黒炎の右腕が生えており、その真っ黒な右手と生身の左手でハンドルを掴んでいる。

そしてスウェンの背後にはフランベル、さらにその背後には――

「ガウガウ！」

目玉の飛び出た人型ゾンビがバイクを引きずっていた。

「ちょっと待てスウェン、まさかとは思うが、そのゾンビがバイクを運転するのか……？」

ランマが聞くと「うん、そうだよ！」とスウェンが頷く。

「いやいやいや……いやいやいやいやいや！　無理だろ！　召喚獣だぞ！　悪魔だぞ‼」

「心配には及びませんわ。きちんと免許は取ってありますわ」

ゾンビは「ガウ！」と誇らしげに運転免許証なるモノを取り出した。ちゃんと写真も貼ってあるし、名前の欄には〝ゾンビ3号〟と書かれている。

「全員、手ぇだせ！」

ウノが大声で言った。

「ジャンケンで勝った順に誰の後ろに乗るか選べる！　それでいいな！」

ランマとステラが手を出す。

「「じゃんけん――！」」

その結果は――

＊＊＊

ロンドンの街を、三台のバイクが駆ける。

「ステラちゃん、せっかくなんだから顔上げなよ。景色見えないよ」

「で、でも……怖くて……！」

スウェンの背中に顔を埋め、前傾姿勢のステラ。

「ちょ、どこを触っているのですか⁉　今わたくしの胸をお触りになったでしょう⁉」

「触ってねぇって！　前見ろ前！」

フランベルの後ろに乗るのはランマ。そして、

「ガウ！　ガウガウ！」

「……なーに言ってんだかわからんっちゅーの」

ウノはゾンビに体を寄せていた。

「こういうのって大体言い出しっぺが負けるよな」

「くっそ！　フラン姫の後ろが良かったぜ……！　腐った死体の匂いで景色が楽しめねぇ‼」

「ランマ君、せっかく最初に勝ったのにどうして僕を選んでくれなかったの？」

「……お前の運転にはトラウマがあるからな」

「ロンドン内だと制限速度があるからそこまで飛ばさないよ。ほら、安全運転でしょ？」

ランマはフランベルの腰に手を回している。

引き締まった腹筋、腰回り。ランマはそのしなやかな筋肉に驚いていた。

（服の上からじゃわからなかったけど、コイツ……すげー筋肉だな。こんな小さい体なのに象に摑まってるかのような安定感だ）

〈ロンドン〉から〈ブルー・ラグーン〉まで泳ぎきった体力は伊達《だて》ではない。

赤信号でバイク三台が止まると、ランマは口を開いた。

「フラン。お前、体すげー鍛えてるな」

「……⁉」

フランベルの肩がビクッと震え、耳が赤くなる。が、ランマはそのことにまったく気づかない。

「普段、どんな筋トレしてるんだ？」

「――まし」

「え？」

フランベルは震えた声で、

「……筋肉のことは、言わないでくださいまし……！」

フランベルは涙目で振り返る。

フランベルは女性らしい体を好む。柔らかく、ゴツゴツしていない体だ。童話の中のお姫様のような体である。しかし自身の希望とは裏腹に体は筋肉を付ける。付けてしまう。そういう体質だった。

彼女は自身の筋肉質の体がとてもとてもコンプレックスだった。

「わ、わりぃ」

ランマはなんとなく察して謝る。

「……マッチョドレスか。マニアックだな」

ボソッとウノが呟くと、フランベルはウノの鼻に肘鉄《ひじてつ》を喰らわせた。

ウノの鮮血が〈ロンドン〉の道路に飛び散る。

＊＊＊

本当に素晴らしいものを見た時、『素晴らしい！』なんて感想は出ない。

そんなありふれた言葉で、表現してはならないと脳が直感する。

ランマは目の前の建造物、〈ウエストミンスター宮殿〉を見て、そう思った。

「ここが〈ウエストミンスター宮殿〉。そしてあの時計塔がビッグ・ベンだ」

〈テムズ川〉のほとりに建つその宮殿は全長約２６５メートル。千百を超える部屋に百以上の階段、中庭数は十一。とてつもないスケールだ。

後ろから見て右側に高さ96・3メートルの時計塔ビッグ・ベン、左側に98・5メートルの塔ヴィクトリア・タワー。二本の塔が睨みを利かせている。

建築や芸術に疎いランマでも、目の前の建物がとんでもないものだとわかる。

「異世界の人に悪いことしたよね」

スウェンは言う。

「こんなものを僕らがもらっちゃってさ」

ランマも、同じことを思った。

「……ホントに、ここが射堕天サークルの本部なのですか？」

ステラの問いにフランベルが答える。

「そうです。射堕天サークルのトップである自在天《じざいてん》様、そして第一師団はここに所属しますのよ」

「贅沢ですね……」

「僕たち第七師団の拠点はここじゃないけど、全体集会の時とか、あと規律違反起こしたりするとここで裁判受けることになるから、一応場所は覚えておいてね」

「なるほどな。ウノは絶対覚えておかないとだめだな」

「おいおいランマちゃん、俺が上にバレるような悪事を働くと思うか？」

「バレない悪事はする気なのかよ……」

「ルールってのは裏をかくためにあるのさ」

「さ！　次行こ、次！」

次に足を運んだのはこれまた宮殿。

その名も〈バッキンガム宮殿〉。

白くて華やかで、高貴な雰囲気が溢れ出ている。

「ここにはロンドン議会がある。ロンドン市長とか〈ロンドン〉で偉い人が集まる場所だね」

「私、ここ好きです。とても綺麗……」

「そうかぁ？　俺はさっきの宮殿の方が好みだね。貴族御用達って感じが気に食わねぇ」

ステラとウノで意見が真っ二つに分かれる。

「スウェンさん、これから〈バラ・マーケット〉に向かうのですよね？」

「そうだよ」

「それなら、あの橋を使ったらいかがですか？」

「ん？　――あー、いいね。そうしよっか」

スウェンが楽し気に笑うのをランマは不思議そうな顔で見ていた。
＊＊＊

ロンドンを分断するように川が流れている。この川の名は〈テムズ川〉（異界都市に残っていた文献より引用）。

この〈テムズ川〉を渡るための橋が〈ロンドン〉には幾つかある。

現在、スウェンたちがバイクを走らせているのはその幾つかの橋の一つだ。

「なんだこりゃ⁉」

ランマは思わず声を上げた。

その橋は二つの塔を繫ぐように架かっていた。珍しい形の橋だった。

「〈タワー・ブリッジ〉。見ての通り途中にある塔が特徴的な橋ですわ」

フランベルが説明する。

「この〈テムズ川〉を横断する橋の一つで、船が通る際には上げることもできる跳開橋。わたくしおススメのスポットですわよ」

「いやぁ、橋一つでもこんなに凝ってるのか〈ロンドン〉は」

橋を渡り、一行は〈Borough Market《バラ・マーケット》〉と入口にでかでかと書かれた市場に着いた。

「到着♪　ここがロンドン最大の食品市場――〈バラ・マーケット〉だ」

多くの食料店が立ち並ぶ市場だ。

肉、魚、野菜、スイーツ。現世の物から異界の物までなんでも揃っている。

「「おおおおおお～～～～～っっ！！！」」

「異世界にあったとされる料理を数多く再現して売っています。わたくしのおすすめはカレーライスですわ」

「僕のおすすめはラーメンかな。脂ギトギトのやつ。とりあえず自由行動にしようか。これから二時間後、十四時になったらこの入口のところに集合ね」

全員が散り散りになる。

スウェンはラーメンを食べに、フランベルはカレーライスを食べに、ウノは歩行者の女性を捕まえてガイド代わりにしている。ステラはクレープを幸せそうに頬張っていた。

一人になったランマは目につく料理を片っ端から食べていく。

ホットドッグ、タコス、ケバブ、焼きそば、パエリア、やぎミルクのアイスクリーム、コーラ。

「い、胃が足りねぇ……！　異世界やべぇ。こんな美味いモンに溢れてるのか……‼」

ランマは次にどこへ行こうか周囲をキョロキョロと見回す。そして気づく。自分がまったく知らない場所に立っていることに。

「ここ……どこだ？」

迷子である。

〈バラ・マーケット〉は広く、そして凄い混み具合で、一度人の波に攫われると迷ってしまう。

ランマは勘で歩いていくが、着いた場所はこれまた知らない市街地。

「やっべー……知らない間に〈バラ・マーケット〉から出ちまったみたいだな」

正面に話し込んでいる三人の主婦らしき女性を見つける。

彼女たちに道を尋ねようとランマが近づいていくと、主婦の一人の足にくっついていた女の子が目の前を通った蝶々に釣られ、主婦から離れる。

女の子は――車が通る道路に出ようとする。

「馬鹿！　出るな‼」

時同じくして、一台の自動車が走ってくる。女の子は蝶に夢中で気づかない。

ランマは召喚陣を正面三メートル地点に設置、サモンコインを召喚陣に向けて投げる。

サモンコインが弾け、召喚陣からミラが擬態したコインが飛び出す。

「ロープ《6番》‼」

ミラがロープに擬態し、女の子に巻き付こうと伸びていくが――

（駄目だ、間に合わねぇ‼）

女の子と車が接触する、その直前、一人の女性が飛び込んだ。

女性は女の子を抱きしめ、車に轢《ひ》かれた。

ゴォン‼　と音が鳴り、主婦たちの悲鳴が響く。

女性は空中で三回転し、そして――見事に華麗に着地した。

「……怪我はないか？」

女性は女の子に優しく語り掛ける。

「うん！　だいじょうぶ！」

「そうか。気を付けろ」

女の子の親が女性に頭を下げ、感謝を述べる。

ランマは、凍り付いていた。

その女性を、ランマは知っていた。

金色の髪、紅蓮の瞳。

あの時より大人びて、垢抜けて、美しくなっているが――見間違えるはずがない。

弓矢を模した紋章を背負った彼女は、ランマが幾度となく夢に見た人物。

「ヒルス……ノーヴァス……‼」

第十五章　ホワイトシティ・スタジアム

「……どうした？　なにをジロジロ見ている？」

「あ、いや」

ヒルスはランマの方へ歩み寄る。

「俺、射堕天サークルに所属している者……で」

「服を見ればわかる」

ランマは名乗ることができなかった。

（何やってんだ。早く言えよ。俺の名前はランマ＝ヒグラシです、って。何を期待している！）

「？」

（覚えてるわけないだろ！　もう七年も前のことだ！）

自分がここまで想い続けたのだから、ヒルスの記憶の片隅でいいから自分がいてほしい。そんな女々しい感情ゆえに、ランマは名乗れずにいた。

（この人はきっと、多くの人を助けてきた。それこそ数えきれないほどの人間だ。俺はその中の一人に過ぎない。覚えてるわけ――）

「よくわからないが、緊張しているようだな。ランマ」

「はい。――え？」

ランマは、耳を疑った。

「ミカヅキから話は聞いていた。あれから、頑張ってきたんだな」

ヒルスは、微笑む。

「助けてよかったよ」

「……！」

顔全体が熱くなる。

今、自分がどんな表情をしているかわからない。ランマは咄嗟に顔を下げた。

（やべぇ！　嬉しい！　覚えててくれたのか……くそ、泣きそうだ……！）

ランマはギュッと表情を引き締め、顔を上げる。

「スウェンからアンタは明日来るって聞いてたんだけど、どうしてもういるんだ？」

どこか素っ気ない風にランマは聞く。思春期特有の好き避けのような状態だ。

「いろいろと予定が狂ってな。帰りが一日早くなって、そして、もうすぐ任務に出ないとならない」

「なっ……!?　もう行っちまうのか!?」

「ああ。今は一目だけでもお前ら新入隊員を見ておこうと〈バラ・マーケット〉に向かっていたところだ。そこにいるだろうと聞いてたのでな。しかし、あと三十分程度しか〈ロンドン〉にはいられない。全員とゆっくり話すのは無理そうだ」

ヒルスはランマを強い眼差しで見る。

「他の面子に会うのはまたの機会にしよう。今回はお前の器だけ測らせてもらうぞ、ランマ」

「器を測る？　なにをするんだ？」

「私と決闘しろ」

「決闘⁉」

「ああ。それが一番手っ取り早い」

ヒルスは二階建ての建物に匹敵する召喚陣を展開し、サモンコインを指で弾いて召喚陣に入れる。

「――バハムート」

召喚陣からいつか見た銀色の竜が召喚され、ヒルスはその背に飛び乗る。

「乗れ。場所を変えよう」

「ちょ、ちょっと待てよ！　いろいろ急すぎるって‼」

「私と戦うのは怖いか？」

ランマは一瞬目を見開いた後、笑った。

「――そんなわけあるかよ！　ずっと、誰を目標に強くなってきたと思ってやがる！」

「ならば来い。お前が目標にどれだけ近づけたか教えてやる」

ランマはバハムートの背に飛び乗る。

バハムートは〈ロンドン〉の空に飛び上がり、空を駆ける。

＊＊＊

ランマが降ろされたのは緑の芝生が広がるスタジアムだ。

「ここは……？」

「〈ホワイトシティ・スタジアム〉。よくスポーツ競技で使われる場所だ。今日は休場日だから誰もいない。思う存分、戦える」

「大丈夫なのか？　戦いで壊れたりしたら……」

「心配はいらない。お前程度が相手ならそこまで派手な技を使うこともないだろう」

ヒルスは発破《はっぱ》をかけたわけじゃない。ただの本音だ。

ヒルスはバハムートを消滅させ、サモンコインを回収する。

「ほほう……！　そうかよ、舐められたもんだなぁ、おい」

ランマはコインとなっているミラを握りしめる。

「あの女の鼻を明かしてやろうぜ、ミラ！」

『みらぁ！』

「出し惜しみはなしだ！　コウリュウ《7番》!!」

ミラを蛇腹剣に変化させ、握りしめる。

一方、ヒルスは召喚獣は出さず、腰に差した騎士剣を抜いた。

「にわかには信じられなかったが、本当に天界礼装を掌握しているのだな」

「おい、まさか、召喚術を使わずに俺と戦う気か？」

「ああ」

ランマは中距離から蛇腹剣を伸ばす。

「後から言い訳すんなよ！」

ヒルスは蛇腹剣による横薙ぎを、剣で軽く弾いた。

（⁉　コウリュウが簡単に弾かれた。あの剣、なにかあるな）

「召喚術や転生術のような体外《たいがい》魔法を伸ばすのも大切だ。しかし、純正魔法陣を使った体内魔法も疎かにしてはならない。侮ってもならない」

ヒルスは右人差し指と右中指を合わせ、前に出す。

「【011-8992】」

ヒルスは指の先に炎の塊を作る。

「〝炎番《えんばん》・焦矢《しょうや》〟」

矢の形となって向かってくる炎を、ランマは剣で振り払う。

「体内魔法には大きく二つの流派がある。これはその内の一つ、霊番詠唱によって精霊とパイプを繋ぎ、体内の魔法陣に精霊の術式を刻み魔法を執行する詠唱魔法だ」

「すげーけど、所詮は体内魔法だろ？　どれだけ人間が炎魔法を極めたところで、イフリートの火力には及ばない」

イフリートは岩をも軽々しく粉砕する怪力とマグマすら焼き払う火力を持つ、火炎系悪魔の最高峰だ。召喚士がどれだけ努力したところでイフリートを超える火力を出すのは不可能。もし万が一努力の果てにそれだけの炎魔法を出せたとして、その魔力効率はイフリートに劣るだろう。

「水魔法にしても雷魔法にしても、悪魔の使う魔法の魔力効率、魔法威力には及ばないんだ。アンタほどの召喚陣を持つなら、そのあたりの悪魔を召喚術で出した方が効率的で強力だろ」

「そうだな。だが、いつでも召喚術を使えるとは限らない。それに、体内魔法も組み合わせれば召喚獣の魔法に匹敵する場合もある」

ヒルスは剣をしまい、両手の手のひらを上に向ける。

「【012-1123】――〝水番《すいばん》・油玉《ゆぎょく》〟、【011-8992】――〝炎番・焦矢〟」

右手のひらに油の塊を浮かせ、左手のひらに炎の矢を浮かべる。

ヒルスはまず、油の塊をランマに向かって投げた。

「散」

ヒルスが呟くと、油が霧散した。

（まずい‼）

ランマはヒルスの狙いに気づく。

「轟《ごう》」

ヒルスは炎の矢を放つ。

「鋼盾《4番》‼」

霧散した油に炎の矢がぶつかると、巨大な爆発を巻き起こした。

ランマは盾で爆撃を防ぐも、衝撃で飛ばされる。吹っ飛んでいくランマを、自己強化魔法で加速したヒルスが追う。

「お前も普段使ってるであろう自己強化魔法は暗唱魔法、念じるだけで魔法陣に術式を刻む魔法だ。慣れれば無意識下で使える。詠唱魔法より効力は低いもののほぼノータイムで発動できる。これが二つ目の流派」

体内にある純正魔法陣（術式を刻むことで魔法を発動できる魔法陣。すべての魔法陣は体内にある時はこの純正魔法陣になる）を使って発動する魔法を体内魔法。体外に魔法陣を設置して発動する魔法（召喚術・結界術・転生術・鑑定術）を体外魔法と呼ぶ。ほとんどの魔法士（召喚士・結界士・転生士・鑑定士をまとめた呼び方）はこの二種の魔法を組み合わせて戦う。ランマも自己強化魔法と召喚術を組み合わせて戦っている。

ランマはハッキリ言って体内魔法を侮っていた。実際、学校でも体内魔法はほとんど習わなかった上、召喚術が使えないばかりに苦汁を嘗め続けていたせいで召喚術、つまりは体外魔法を神聖視してしまっている部分があった。だがその意識は体外魔法を使わず自身を追い詰めるヒルスの姿によって払拭される。

（体内魔法でここまでの威力を発揮できるのか！）

ランマはなんとか体勢を立て直し、ヒルスと剣で打ち合う。

（なんだ……？）

打ち合う度、蛇腹剣の刃が零れていく。

（コウリュウが嫌がっている？　この剣に触れることを、拒否している……！）

悲鳴を上げる剣を見かねて、ランマは一つの賭けに出る。

「鋼剣《２番》‼」

ランマは咄嗟にミラを鋼の剣に変え、ヒルスの刃を受ける。するとなぜか天界礼装のコウリュウで受けるより軽く受けることができた。

「ほう。正解だ」

「その剣、やっぱなにか普通と違うな！」

「その通り。これは番外編、といったところだな」

ヒルスは強く剣を振り、ランマを弾き飛ばして距離を作る。

「この剣の銘《めい》は〝紫焔《しえん》・天斬《あまぎり》〟」

ヒルスはその薄紫色の刀身を見せた。

「天界礼装に対し、強力な特効効果を持つ。だが、それ以外のものに対してはそこそこの切れ味しか持たない」

「魔導具、か？」

「少し違う。魔導具とは魔力で駆動する人間が作った道具を言う。これは魔導具と同様に魔力で効果を発揮するが、作ったのは人間ではない。——悪魔だ。悪魔によって作られた道具、武器は魔装と呼ばれる」

（魔装……そんなものがあるのか）

「弱いカードでも、数があれば相手を迷わせることができる。大富豪でも大量の手札を持つ人間がいたら警戒するだろ？　たとえクズカードの集まりでも組み合わせ次第では革命を起こせるからな。野球でも球種は多いに越したことはない。逆にカードが一枚の者、ストレートしか投げられない者はたとえそれがどれだけ強力でも手玉に取られることがある」

「生憎、だいふごうとやらもやきゅうとやらも知らん。だが言いたいことはわかったよ」

ランマも手数の多さで戦うタイプ。選択肢の多さが勝率に直結すると考えている。ヒルスの考えは理解できる。

ヒルスはまだ多くの戦術《カード》を持っている。長引けば先にカードを使い果たすのはランマだ。そうなるとランマのようなタイプは脆い。

（なんでもいいからもっと手数を持てって言いたいんだろうな。実際、コウリュウに頼り切りなのは認めるけどよ）

ランマはギリと歯軋《ぎし》りする。

（ちくしょう。決闘じゃなくて、授業になってやがるな。ありがたいけど、俺にだってプライドはあるんだぜ……！）

勝ちを得るためにはとっておきを出すしかない。相手がどの手札を切ろうとも対応できない道化を出すしかない。

「言っとくが、俺だってまだカードを出し尽くしたわけじゃないぜ」

ランマはミラを両手で握る。

「――コイン《5番》」

ランマはコインを握りしめ、右手を振りかぶってヒルスに近づく。

単純ながら強力なランマとミラの得意技、その名も――

（リーチ・トリック‼）

ヒルスはランマの腕の振りに合わせ、身を屈めた。

「くっ⁉」

「ギリギリで剣に変えるのだろう？　動作が安直――」

「――なんちゃって」

瞬間、ランマの左手に蛇腹剣が現れた。

「⁉」

ヒルスは寸前で身を捻るも、伸びた蛇腹剣に脇腹を裂かれた。

「右手の振りを、囮《おとり》に……！」

「どうだよ、俺のジョーカーカードは……！」

ヒルスの脇腹から僅かながら血が飛び散る。

「……なるほど」

ヒルスは悔しそうに眉をひそめた。

「剣からコインに変化させた時、右手ではなく左手の中に収めたのか……」

それをあたかも右手に握りしめたように見せ、左手に隠したコインを蛇腹剣に変化させ、脇腹を裂いたわけだ。

「アンタ相手じゃ一ネタじゃ足りねぇと思ったんでな」

「やられたよ」

ランマが瞬きをして、瞼を開いた時、
すでに、ヒルスの拳がランマの腹筋に突き刺さっていた。

「がふっ⁉」

「十分だ。ランマ＝ヒグラシ」

ランマは三十メートル以上殴り飛ばされ、芝生の上を転がる。

「ごほっ！　ごほっ！」

衝撃は体の芯まで届き、立ち上がる力が出ない。

（速い！　強い！　これが、あの人の全力か……！）

今の一撃で、さっきまでどれだけヒルスが手加減していたかを知る。

「遠いな……ちくしょう。まだ全然」

――隣に立てるレベルじゃない。

「【002‐0001】――〝癒番《いばん》・快風《かいふう》〟」

ヒルスの手から緑色の風が吹く。その風に包まれると、全身の痛みが引いていった。

「召喚獣の能力もお前自身の能力もまだまだ発展途上、よく言えばポテンシャルの塊だ。今日は会えてよかったよ……お前はまだまだ強くなれる。精進しろ」

ヒルスは赤い竜を召喚する。

「すまないが、もう仕事の時間だ。私は行く」

「待ってくれ！」

ランマは立ち上がる。

十分は立てないほどのダメージを与えたというのに立ち上がったランマを見て、ヒルスは僅かながら顔に動揺の色を見せた。

「どうすれば、アンタの隣に立てる男になれる……⁉」

「……？　今この竜の背に飛び乗れば、私の隣に立てるのでは？」

「そういう意味じゃなくて！　えーっと、そうだな……どうすれば、アンタの横で戦えるんだ？教えてくれ！」

ヒルスは腕を組み、考え込む。

「……ふむ。私の任務についてこられるレベル……か。なんと言えばいいか、難しいな。だけど、そうだな……」

ヒルスは納得した顔で言い放つ。

「師団長になれ」

ランマは一瞬間を置き、

「師団長？」

「そうだ。他の師団長たちなら間違いなく私の戦いについてこられる。師団長になれるレベルなら、私の横で戦えるだろう」

「……そうか。師団長……わかった！」

ランマは拳を握り、

「俺は絶対に師団長になって、アンタについていける人間になる！　そんで、もしも、もしも俺が師団長になった暁には……」

ランマは頬を染めつつ、声を張る。

「ご褒美に、デートしてくれ‼」

………。と、一時の静寂の後、ヒルスはフッと笑う。

「あ、いや、もちろん嫌なら――」

「……いいだろう」

ヒルスは赤竜に乗り込む。

「楽しみにしているぞ」

ヒルスはそのまま〈ロンドン〉を去る。

「あ、はい！　あざす！！！」

ランマはなぜか敬礼のポーズを取った。

「うおっしゃあ！　やるぜランマ＝ヒグラシぃ‼　目指せ師団長！！！」

ひとしきり喜んだあと、我に返ったランマはあることに気づく。

「あれ？」

――ランマは一人、スタジアムに取り残されていた。

「ちょっと待ったぁ‼　〈バラ・マーケット〉まで結構距離あるだろここ！　元いた場所まで送ってけよ‼　ヒルゥゥゥゥスーーーーーーっ！！！」

……それからランマがスウェンたちと合流したのは五時間後のことだった。

＊＊＊

竜の背の上でヒルスは一人、ランマとの戦いを思い返していた。

（天界礼装とは言うものの、神力ではなく魔力で駆動していた。私の〝紫焔・天斬〟の特効効果も十分に発揮されていなかった）

ヒルスは腰の剣を撫でる。

（本質的に天界礼装とは少し異なる。直径3センチメートルの召喚陣、アレは確かに狙われるだけの価値はあるな……）

ヒルスはコートの脇腹部分をさする。

「……しかし、手加減していたとは言え、私が傷を負うのはスウェンとの決闘以来だな」

ヒルスは口元を緩め、頬を僅かに赤らめる。

「……デート……か」

第十六章　歓迎会……？

「あーあ、俺も美人師団長殿に会いたかったなぁ」

　翌朝、街道にて。ランマ、ウノ、ステラ、スウェン、フランベルは五人で歩いていた。

「ずるいぜ、ランマちゃんだけ抜け駆けしてよ～」

「偶然、たまたま会っただけだ。俺もまさか昨日あの人が来てるとは思ってなかったよ」

「もしかしてですけど、ランマさんが言っていた結婚したい相手って……」

　ランマは照れくさそうに頬を掻く。

「そうだよ。第七師団の師団長だ」

「ふーん、そうですか」

「なんだよ、その反応。なにか言いたげだな」

「いえ、私は異性を好きになったことがないので、ランマさんがちょっと羨ましくなっただけです」

「羨ましい？　俺のことが？」

「はい。師団長の話をする時、とても楽しそうでしたから。好きな相手がいるというのはきっと楽しいことなのでしょうね」

　純真無垢なステラの言葉を受け、ランマの耳が真っ赤に染まる。

「——あのなステラ、そういうのは口にしないでくれると助かるんだが」

「ステラちゃまもすぐに恋の味を知れるさ。ここに数々のバニーちゃんを射止めてきた最高の狩人がいるんだからよ」

「……」

「……ステラちゃま〜、無視はきついぜ。せめて罵声をくれ」

ランマは前でバイクを引くスウェンに近づき話しかける。

「スウェン。バイク降りてから相当歩いているけど、第七師団支部ってのはまだ先なのか？」

「うん。もう少しだよ」

「てかよスウェン坊ちゃん、この辺、かなりガラ悪くねぇか？　さっきから野郎に睨まれまくってるんだけど」

そう言ってウノは周囲を見渡す。

ペンキで落書きされた壁、下着姿で路地裏に寝る女性、刺青だらけのタンクトップ男の群れ。どこからかアルコールの香りもする。

昨日、歩いてきた街並みと打って変わり、かなり雰囲気が淀んでいる。

「〈イースト・エンド〉に入ったからね」

「〈イースト・エンド〉？」

ランマが聞く。

「そうだ、君たちには説明してなかったね。ロンドンは基本、東と西で分けられる。東側を〈イースト・エンド〉、西側を〈ウエスト・エンド〉って呼ぶんだ」

「昨日わたくしたちが走ったのが〈ウエスト・エンド〉。街の中心であり、治安がよく、派手な建造物が多い。逆に〈イースト・エンド〉は所謂《いわゆる》下町。治安が悪く、貧民が多いですわ」

「第一師団、第二師団、第五師団、第六師団は〈ウエスト・エンド〉に拠点を持ち、第三、第四、第七は〈イースト・エンド〉に拠点を持つんだ」

「かーっ、マジかよ。ぜってぇあっちの方がいいじゃねぇか」

ウノはそう言って肩を竦める。

「どうだろう？　僕は〈イースト・エンド〉の方が好きだよ。たしかに〈ウエスト・エンド〉ほど華やかじゃないけど――ここの人たちは、自由だ」

治安が悪い、つまり〈ウエスト・エンド〉より規制が緩いということ。

それゆえに自由に商売でき、〈イースト・エンド〉には多種多様な店が立ち並ぶ。何の役に立つかわからない錆びたネジから名匠が作った茶器まで手に入る。とは言え、悪い商売も同時に蔓延《はびこ》っているため一長一短ではある。

「着いたよ。ここが第七師団支部だ。通称〈ハウスツリー〉」

〈テムズ川〉に繋がる坂の上、〈イースト・エンド〉を見下ろせる場所に、その建物はあった。

「なぁランマちゃん、これ、ガキが設計図作ったのか？」

「むしろすげー芸術家が設計したんじゃねぇの？」

面妖《めんよう》な建物だ。

一本の巨木に、多数の建物（主に一軒家）が身を寄せ合って一つの塔になっている。なにを言っているのかわからないだろうが、そうとしか言い表せない。巨木に埋め込まれるような形で家が建っているのだ。

「一番下の建物が事務所。そこから上はほとんど住宅だよ」

木の根に絡まれた酒場のような建物がある。あれが事務所のようだ。

「じゃあなにか、俺たちはあの上に積み重なっている家のどれかに住むってことか？」

ランマが聞くと、スウェンは頷き、

「そうだよ～。この〈ハウスツリー〉の中心には螺旋階段があって、それで上にあがれる。でも今は一階に用があるから螺旋階段は後回しだ」

スウェンは一階の建物の扉を開け、中に入る。

ランマはスウェンの後で、建物の中に入った。

「お邪魔します……って、なんだこりゃ⁉」

内装も酒場のよう。バーカウンター、多数のテーブル、掲示板などがある。

しかし、問題は住民だ。中にいる全員がテーブルに伏したり床に伏したりしている。しかも、倒れている人間の側には赤い液体が滴っている。

「おいスウェン！　これまさか、堕天使の襲撃に遭ったんじゃ⁉」

「いやぁ、違うね。これはきっと」

「お！　来たか新入り諸君」

酒場の奥から男性が現れる。

「ただいま帰りました。ギネスさん」

「おう。お疲れ。いろいろ大変だったみたいだな」

上半身裸で、酒瓶片手にギネスという男性は喋る。

「紹介するね。こちら第七師団副師団長のギネス＝ウォーカーさん」

「「よろしくお願いします」」「よろピく」

「よろしく。お前らのことは聞いてるから自己紹介は不要だぜ」

ギネスは気さくに笑う。

「ヒルス師団長があんまりいない関係上、実質この師団を取り仕切ってるのはギネスさんなんだ」

「ホントはリーダーなんてガラじゃねぇんだけどな。あの奔放娘のせいで、とんだとばっちりだ」

ギネスは酒をあおる。

「ギネスさん、これは一体どういう状況ですの？」

フランベルが聞くと、ギネスはバツが悪そうに目を逸らした。

「あー、新人歓迎会を開こうって話になって、酒とご馳走を用意して……お前らを待ってるうちにみんな腹が減って喉が渇いて……気づいたらみんな酔いつぶれてた」

つまりランマたちを待ちきれず酒宴を開き、全員が酔いつぶれたということ。

ランマは倒れてる男性に近づき、近くに零れてる赤い液体の匂いを嗅ぐ。

「これ、ワインかよ……」

「ま！　歓迎会はまた別の機会ってことで！」

ギネスはクラッカーを鳴らす。

「入団おめでとう！　歓迎するぜ。ランマ、ウノ、ステラ。見ての通り自分勝手で品性の欠片もない連中の集まりだが――ここにいりゃ、退屈はさせないと約束しよう」

こうしてランマたちは第七師団に歓迎された。

前途多難。常識の通じなさそうな人間が目の前には広がる。

常人ならば不安を感じるところだが、ランマはワクワクしていた。この人たちが一体どんな風に堕天使討伐の任についているのか、楽しみになっていた。

(ここからだ！　やってやる……絶対に、あの人のもとまで辿り着いてやる！)

決意を胸に、ランマは一歩足を踏み出したのだった。

傷物令嬢と
氷の騎士様
—前世で護衛した少年に今世では溺愛されています—
前世がバレたら
クールな騎士団長が
激甘キャラに豹変!?

著者：谷六花　　イラスト：麻先みち

聖女不在による
仮初め婚なのに、
不器用な
王太子に
溺愛されています
お飾り妻だと思い込む悪役令嬢と
妻が大好きすぎる完璧王太子のすれ違いラブ
著者：景華　イラスト：福田深

novel スピラ

直径3㎝の召喚陣《リミットリング》で「雑魚すら呼べない」と蔑まれた底辺召喚士が頂点に立つまで

発行日 2023年12月18日　第1刷発行

著者　空松蓮司

イラスト　桑島黎音

編集　定家励子（株式会社imago）

装丁　おおの蛍（ムシカゴグラフィクス）

発行人　梅木読子

発行所　ファンギルド
〒160-0022 東京都新宿区新宿2-19-1ビッグス新宿ビル5F
TEL 050-3823-2233　https://funguild.jp/

発売元　日販アイ・ピー・エス株式会社
〒113-0034 東京都文京区湯島1-3-4
TEL 03-5802-1859 / FAX 03-5802-1891
https://www.nippan-ips.co.jp/

印刷所　三晃印刷株式会社

ISBN 978-4-910617-18-3　Printed in Japan